故乡的大浪河

黄鑫 著

海峡出版发行集团 THE STRAITS PUBLISHING & DISTRIBUTING GROUP | 海峡文艺出版社 Haixia Literature & Art Publishing House

图书在版编目(CIP)数据

故乡的大浪河 / 黄鑫著. -- 福州 : 海峡文艺出版社, 2020.12

ISBN 978-7-5550-2369-2

Ⅰ. ①故… Ⅱ. ①黄… Ⅲ. ①散文集-中国-当代 ②诗集-中国-当代 Ⅳ. ①I217.2

中国版本图书馆 CIP 数据核字(2020)第 160197 号

故乡的大浪河

黄 鑫 著

责任编辑 林 颖

出版发行 海峡文艺出版社

经 销 福建新华发行(集团)有限责任公司

社 址 福州市东水路 76 号 14 层 邮编 350001

发 行 部 0591—87536797

印 刷 成都兴怡包装装潢有限公司 邮编 610000

厂 址 成都市金牛区西华街道付家碾村 6 级 152 号

开 本 880 毫米×1230 毫米 1/32

字 数 220 千字

印 张 10

版 次 2020 年 12 月第 1 版

印 次 2020 年 12 月第 1 次印刷

书 号 ISBN 978-7-5550-2369-2

定 价 58.00 元

序

读了黄鑫先生的书稿，被一种浓浓的乡情感动。这是一部散文和诗歌的合集，展示了他在散文和诗歌创作上的成绩。他的散文和诗歌，给人一种站在高处，走向远方的启迪。

黄鑫先生长期生活在基层，当过医生和乡镇中学的语文老师，退休前一直生活在伏牛山区的鲁山县。厚重的大山和家乡那条有名的大浪河，给予了他无穷的创作灵感；当地楚文化、秦文化的积淀，丰富了他的文化底蕴；儿女的回报给了他游历四方的能力和广阔视野。这些都为他投入文学创作打下了坚实的基础。

黄鑫先生的作品，就形式上说，有游记类散文，有自由体长诗，也有杂谈短评。他的游记类散文描述精确，文字优美。

他的自由体长诗讲究押韵，读来朗朗上口，且情景交融，意象丰富。读他的作品，你看不出他的刻意雕琢，却能感受到他挟带着生活给他的冲动，让文词、诗句如奔腾之水一泻千里。在《童年琐忆》《地曲莲》《老街上的那眼辘轳井》《村东头那棵皂角树》《忆就读许昌医专的日子》等作品中。看似有些情绪低沉和感伤，实则是对我们中华民族所遭受苦难的深刻反思，是对特殊情境中人性复杂性的揭示，表达的是忧国忧民的情怀。

黄鑫先生是地道的河南人，是家乡大浪河养育的初心向善、大爱无疆的伏牛山汉子。在他的散文里，给我们展示了一个儒雅文弱的乡村教师、乡镇医生乐善好施的品格和负重前行的坚强。他深深地爱着他的乡亲：他背过药箱走遍了故乡的那片大山，医者仁心是他的本份；他拿过教鞭在乡镇中学讲台上教过书，为人师表是他的人品；他纯朴善良吃苦耐劳，总想着尽自己的绵薄之力去帮助别人。他文章中体现的人生，着实让人暖心和感动。

黄鑫先生的作品，尤其善长写景，他把景升华成一幅幅水墨画，一部部情景剧……让读者置身其中，流连忘返，在大自然的美景中其乐融融。在《幽幽榕树情》《黎明前》《辛勤的歌唱家》《大浪河》《海岛看雨》等作品里，作者写景时善于从大处入手，小处着笔，描绘细腻，意境深邃，让读者有一种身临其境的感觉。作者写景时注意多种修辞手法的运用，使景物描写更加生动逼真，让读者有一种在现场欣赏美景的享受。黄鑫先生借景抒情，通过景物送给读者一份深情，一份自信，一份力量，这也具有一种特别的魅力。

黄鑫先生的散文和诗歌，表现最多的还是乡愁。虽然在他的游记中，大量篇幅赞美了他乡的美，国外的好，但他内心深处，仍然深深地爱着生他养他的那片土地，那片山林，那条川流不息的大浪河。月是故乡明，人是故乡美，是他发自内心深处的呐喊。作者仿佛骑着骏马昂首站在高山顶上，回首来处，放歌天外，将我们带回魂牵梦绕的故乡，那天那地那山那水那人，都是那么的美好，从而激起我们的思乡情愫，让我们也在某个相似的时刻，回到了小时候的家乡。我们能从作者的文字中感受到他对家乡的挚爱之心和博大情怀。

黄鑫先生搞文学创作，几十年如一日，笔耕不辍，并不求成名成家，只是把写作当成一种滋养自己心灵的爱好，当作调剂、丰富人生的一种乐趣，当作对儿女的一种示范。他一直坚持诗书传家，引以为傲的是他的儿女们个个事业有成，忠孝兼备，文武双全。正因为他淡泊名利，所以创作时就气定神闲，随手拈来。而恰恰是这种心态，才使他写出了一篇又一篇的好诗文。

黄鑫先生出书在即，作为一个同行，对他几十年如一日，坚持文学创作表示由衷的敬意。

周大新
二〇一九年九月

作者简介：周大新，1952 年 2 月生于河南邓州，1970 年从军，1979 年开始发表作品。先后发表长篇小说《走出盆地》9 部 11 卷，中篇小说 33 部，短篇小说 70 余篇，另有散文、剧本共 800 余万字。先后获得全国优秀短篇小说奖、人民文学奖、冯牧文学奖、茅盾文学奖、老舍散文奖、中国政府出版奖、解放军新作品一等奖等奖项。部分作品被译成英文、法文、德文、西班牙文、阿拉伯文、希腊文、日文、越南文、捷克文、韩文等语种。现居北京从事创作。

自 序

1955年，我刚读初一。这年秋天，母亲突患眼疾，两眼红肿得睁不开，虽然也看过医生，几个月后仍不见好转，这使我家本来就困难的生活更是雪上加霜。无奈之下，外婆常领着我母亲去教堂祷告。星期天则领着我到南沙河逮一种长得像小蜘蛛叫“倒退”的昆虫，装进一只小玻璃瓶里，它们不是向前爬行，而是向后退着走，所以叫“倒退”。“倒退”能在沙里打一个藏身的窝，窝周围的沙子会呈现出一个小漩涡，手伸下去一掏，就能把它掏出来。据说用“倒退”腹部挤出来的液体点眼，可治眼疾。县城西门里有一家很有名的“宋天河”眼药店，我管店主兼大夫叫“宋爷”，他老两口待我母亲如亲人，母亲的眼病就是用宋爷开的这个药方治好的。我以这件事为素材写成一篇日记，班主任老师看了，把日记推荐给学校。

在一次星期一全校师生集会上，张长松校长朗读了我这篇日记，师生很受感动，得到一致好评。后来我把这篇日记改写成了一篇小故事投给《鲁山报》，一周后《鲁山报》的副刊竟登了出来，让我喜出望外，备受鼓舞。同班一个和我很要好的同学，家在城西下汤街，一个星期天他带我到他家里去玩，那时昭平台水库还没修好，沿大沙河边一条小路，曲曲弯弯一路步行50里，经过婆娑街，耿集街，在昭平台水库西北角，只见河边两块高大的奇石并肩屹立，远远望去，很像两个风姿绰约的少妇在窃窃私语，这就是当地传说中的“姑嫂石”，我们来回都在姑嫂石边停留盘桓。回校后，我把听到的关于姑嫂石的传说写成一篇题目叫《姑嫂石》的故事，投给了《鲁山报》，一星期后就在该报第二版登出来，还配发了两幅照片。此后我又采用鲁山民谣，像“月奶奶，黄巴巴，爹种地，娘纺花，月亮走，我也走，我给月亮牵牲口”之类做比兴，加上表现新时代新生活的新内容，写成当时风行的“新民歌”，陆续在《鲁山报》上发表，署笔名“欣馨”。那时基层作者不多，我的作品和名字，很快就在县城各机关流传开来，甚至登在大街的黑板上。《鲁山报》创刊一周年时，特约我写了一首题为《祝鲁山报永远胜利》的诗，登在《鲁山报》第一版，更提升了我的知名度。

我偏好文学，同时各科成绩也很好。初中三年，每年都被评为“三好学生”，初中毕业，我被保送升入鲁山高中。上高中后，我在课余仍写一些小故事、民歌体小诗，发表在《鲁山报》和《许昌报》上，在《河南青年报》《河南日报》《河南农民》《群众艺术》上也发表过几次。高二下学期，“反右”运动如火如荼，我的语文老师，也是班主任的薛老师被划为“右派”。就因为上作文课薛老师多次表扬过我。一天早晨到校时，见在学校图书馆楼前墙上和学校大礼堂门前，贴满了批判“右派”老师们的大字报，在我学习的教室外墙上贴了很多批判我的大字报，说我是右派分子的忠实信徒和走卒，“鲁山的刘绍棠”等，(刘绍棠系河北某高中学生，十七岁写了长篇小说《运河的桨声》1958年被划为右派)。这突如其来的打击，犹如五雷轰顶，我站在大字报前头晕目眩，天旋地转，同学们都用异样的眼光看着我，在一旁指指划划，本来很要好的同学也离我远远的，不敢和我说话，俗话说“水淹下洼地，墙倒众人推”。我知道这一切是学校一位作政工的领导授意这样做的。这位领导还让我写检查，甚至想召开全体师生大会批判我。但实际上我和学校任何一个“右派”都没有一丝瓜葛，我不过发表了一些歌颂“三面红旗”的小诗、小散文，查不出一句反党反社会的言论，再者学校大多数师生都知道我是一个好学生。形势所迫，我不得不违心地写了一份“个人有资产阶级名利思想”的“检查”，才算过关。

一波未平一波又起。两个《鲁山报》的编辑老师也被划为“右派”，一条所谓的“罪行”，是登了我的神话故事《姑嫂石》，做插图的两幅照片是他俩前往拍摄的，说是该文不该登在报纸的显要位置，且篇幅过大，挤占了重要新闻的发表，是“别有用心”。县委曾有两位同志找过我调查此事，询问我和他们的关系，并要我揭发他们的“反动言行”。这两件事对我的精神压力很大，那时我年纪还小，没经过世面，一时间饭也吃不下，觉也睡不着，整天精神恍惚。屋漏偏逢连阴雨，这年冬天我又患了严重的感冒，发烧头疼，咳嗽不止，每一天都是在疾病中艰难度过。那年头高考，“政治鉴定”起关键作用，我高中毕业能考入许昌医专，已属不幸中的大幸了。经过这番折腾，我落下了神经衰弱的病根，经常头疼失眠，心烦意乱，再也无心且无力从事业余写作，此生似与文学拜拜了。

我 2000 年退休。儿女事业有成，邀我和老伴来郑州居住，还经常安排我们随团到国外旅游。一次我们先到美国夏威夷，回国途中，在加拿大的女儿又安排我们转机到加拿大温尼伯市停留，在女儿家住了四个多月，除到处游览，还常阅读华人报刊。有一份名为《枫华之声》的杂志，是温尼伯大学里的几个华人老师创办的，所登文章洋溢着真挚的爱国热情，很受华侨欢迎。阅读之余，我也萌生了写作的愿望。但几十年来搁笔不写，不要说思想跟不上现实，连语言文字也感觉陌生。但我还是决定忘掉年龄，重新振作，拿起笔来，写出我经历的生活，只为求精神上的安慰和寄托。女儿也热切的鼓励我。我动笔写了两篇描写家乡的散文《重阳节登鲁山坡》《故乡的大浪河》和一首《难忘乡愁》的诗歌，投给《枫华之声》杂志社编辑部，想不到全部被采用了，还加了编者按语。在这期间，我又写了两篇游记散文，即《印象温尼伯》《游夏威夷随笔》，回国后经过修改，在鲁山《尧神》文学杂志、郑州《钢哥们》杂志上发表，这坚定了我重拾写作的信心。

后来我又随团到日本旅游。但整个旅程我都充满着不愉快的情绪。回国后，我写了一篇《对日本流行“爆买”一词的感慨》，发表在《现代物流报》上，并加了编者按。此后《现代物流报》副刊还曾用一个整版，发表了我描写乡愁的诗歌和散文。这使我受到更大的鼓舞。平时我爱看新闻，关心国际国内大事，把重要的事情记下来，写成感想，在纪念抗日战争胜利七十周年，我写了三篇纪念性文章，都登在郑州钢贸商会的《钢哥们》杂志和《金马人》报上。针对美国萨德反导系统入韩和南海仲裁案，我写了一篇《不挡雨的伞到底在防谁》，在《钢哥们》和《金马人》发表，《鲁山简报》也以整版篇幅登载了这篇文章，还加了编者按。

此后我又去过很多国家，不管走到哪里，除观赏异国风光外，我心里始终装着我挚爱的祖国，有些诗歌写在旅行途中，旅游大巴一次行驶五六个小时，我常隔着车窗眺望窗外风景，心里默默构思，一次在葡萄牙旅行途中，我写一首《车行葡萄牙》，其中有两句是“论山，还是祖国巍峨；论水，还是祖国秀美”。我交给了导游，导游即兴在车上朗读，当读到这两句，引起全车四十多位游客热烈的掌声，得到大家一致的赞赏。

还有我的故乡。不管我的童年和少年在那里受到过多少苦难，但我始终挚爱着她，因为那里是生我养我的地方，那里的土地，那里的山，那里的水，那里的人抚育了我，这些年不管我走到什么地方，我都想念着她，在梦里梦见她。这些年我老了，却很多次做着一个情节大致相同的回家的梦……如今，我的故乡西肖楼，规划全部拆迁，建设花瓷小镇，旧的村庄将在县域地图上消失，更换新的名字。今后也只能梦回故乡了。所以无限的乡愁总萦绕在心里，促使我把缕缕乡愁写出来，用我挚爱家乡的心去写，用真实的感情去写，当我在构思的时候，常会情不自禁流下眼泪，写出后默默阅读时，也常常流下眼泪，这是真实的，不是装腔作势。

时光荏苒，日月如梭，时间都去哪儿了？一晃就老了。耄耋之年，大脑萎缩，记忆力差，思考问题的能力下降了，经过几年的努力写成这本书，虽差强人意，也是很不容易了。在这里我要感恩我的亲朋好友，感谢鲁山文联《尧神》编辑部的老师们，《鲁山简报》的老师们，《现代物流报》的编辑老师们，《河南思客》编辑部的老师们，《信阳文学》编辑部的老师们……感谢他们的支持和帮助。在此，特向他们致以衷心的谢忱和敬意。

特别要感谢的是我的老朋友其文兄（诗人鲁行），多亏他的鼓励，使我有勇气克服重重困难，奋力笔耕，才有了今天这本书的结集出版。

本书定稿后，著名作家、茅盾文学奖获得者周大新先生，解放军高校教授、全军模范教师、五个一工程奖获得者郑振江先生耐心为我阅稿。周大新先生百忙之中又写了序言。在此一并表示诚挚的谢意和良好的祝愿。

目录 CONTENTS

◆ 诗歌

◆ **散文**

诗歌

海上月明如昼，

晚风轻摇渔舟。

三两旧友相聚，

执杯对饮乡愁。

故乡之咏

啊，故乡

在县域地图上
我的故乡西肖楼不过是
芝麻粒儿大的
一个小黑点儿

夕阳衔山
炊烟四起
我还在东小河戏水
村西头老槐底下
娘叫我回家喝汤
被拖得长长的乳名
头一声我就听见了

西肖楼很小很小
但是　故乡啊
在我的心中
你就是整个世界

（2018 年 6 月发表在《河南思客》）

梦回故乡

月明星稀夜，
羁旅起彷徨。
枝间单宿鸟，
鸣声好凄凉。
不禁愁绪生，
瞬间添惆怅。
游子欲归去，
恍然入梦乡。

乘风飞渡平湖月，
思乡梦里又还乡；
村头潺潺大浪河，
似比原先瘦许多；

白头芦苇风中摇，
像是望儿归的娘。
桥边不见小渔舟，
野凫未知去何方……
杨柳岸边残月依旧，
晓风里再无红蓼香。

脚踩蚰蜒小路，
走进我的村庄。
经过大坑沿儿，
西拐是老寨墙。
荒草萋萋晚风凉，
秋虫唧唧大合唱。
紧捱寨墙根，
几座旧瓦房；
小灰瓦，黄泥墙，
油漆剥落木格窗。
夜深沉，灯还亮。
北院袁大母，
手摇纺车哼哼响；
南院刘二婶，
蹬机掷梭到天光。

我家老屋夹当中，
一间低矮土坯房；
一扇椿木单扇门，
窗台爬满葫芦秧；
屋内一张小方桌，
一把靠椅一张床。
床上一袭破棉被，
是我全家避风港。
犹忆旧时度饥荒，
糠菜充作半年粮……
老屋一别几十载，
相对无言泪两行。

寨壕绿玉带，
环绕我村庄。
菱角任我采，
鱼虾满池塘。
荷叶如玉盘，
清露赛琼浆。
鼓眼大青蛙，
坐在荷叶上。
深情唱丰年，
风送稻花香……

东头铁匠铺，
炉火烧得旺，
徒弟拉风箱，
师傅抡锤忙。
砧上铁花飞，
肩背汗水淌。
新镰弯如月，
锄头明晃晃。
锤震星星落，
唤来雄鸡唱。

坑沿几株歪脖柳，
绿荫匝地柳丝长。
树下巧遇三外爷，
银髯飘飘多慈祥。
正欲趋前问安好，
一阵风起黄沙扬。
猛忆老人早故去，
阴阳相隔两茫茫。
梦觉热泪湿枕席，
原来我身在异乡。

（2018 年 8 月发表在《河南思客》）

故乡的大浪河

大浪河啊，故乡的河
来自遥远的山涧
行经西白楼
绕过核桃园
小河李村头转个身
汇入滔滔大沙河
一路高歌向东南

大浪河啊，母亲河
似一条绵长乳腺
哺育两岸黄土地
人畜兴旺乐无边
春日桃园飞红雨
麦熟金浪涌上天
入秋棉桃吐白云
大田蝈蝈唱丰年
河滩就是金银滩

大浪河啊，游乐园
呼朋唤友打水仗

烈日当空六月天
摸鱼捉虾掏螃蟹
惊飞白鹭水花溅
口渴就喝河中水
赛过“农夫山泉”甜
舒展四肢沙滩上
柳荫如伞且听蝉
日落西山炊烟起
娘站村头声声唤……

大浪河啊，心中的河
游子梦里水潺潺
河边蓼花红胜火
芦花飞雪苇子园
河水和面菜窝窝
助我农家度荒年
愿你清水长流淌
鱼游虾戏无污染
水如琴声入梦来
生活甘甜梦更甜

（2017年5月发表在《尧神》）

秋天的故乡

我走在故乡的小路上
踩响了窸窣的阳光
沟坎乌桕燃起火把
崖头油桐一片金黄
长青的松柏点缀其间
给山乡披上秋日的盛装

我走在故乡的小路上
野菊花散发醉人的芳香
山涧流水日夜拨弹琴弦
老柿树高挑一盏盏吉祥
牧鞭驱赶着雪白的云团
甩响放羊人满心的欢畅

我走在故乡的小路上
如走进七彩的画廊
大红枣晾晒乡亲火红的日子
玉米吊垂挂山村金色的希望
红山楂紫葡萄粒粒如数家珍
平湖如镜　让爱美的家乡对镜梳妆

我走在故乡的小路上
也走进家乡几代人的梦想
想蓝天白云果现云白天蓝
想水绿山青就有青山绿水
青山绿水就是金山银山
金山银山就是我可爱的故乡

（2018 年 11 月发表在《尧神》）

喊故乡

农历七月十五夜
星斗阑珊月高悬
商都公园歌已歇
市井街舞人终散

今夜秋风凉
明月照无眠
商城残垣上
我独自盘桓
望远近层楼窗口
灯光如繁星万点

大厦变幻的霓虹
色彩变换
频抛媚眼
草丛里秋虫深情吟唱
这美妙的天籁之音哦
让我想起远方的家园
想起村外无边的庄稼地
风中的玉米叶飒飒低语
玉米地黄豆棵里蝈蝈的热闹演唱
墙根蟋蟀的合奏通宵达旦……

只是这一切都已成为过往
大片农田被拍卖给开发商
灰瓦土坯屋换作排排小洋楼
村村通的水泥路密如蜘蛛网
小日子是越过越红火
千村万户争相奔小康

我爱我现在的故乡
我想我童年的故乡
我可以回到现实中的故乡
却再也回不到梦里的故乡
撩人的乡愁就是这般模样

我因故乡的巨变欢欣鼓舞
又为痛失往昔而心生悲凉

今夜
在这远离故乡的地方
我用心一遍又一遍地
呼喊，喊我亲爱的故乡

喊庙坡我那母亲坡
碧潭秀美野花香
冬春两次大庙会
两台大戏真风光
越调曲剧梆子腔
各路名角来赶场
吹拉弹唱多热闹
锣鼓咚呛震天响

喊我故乡的大浪河
曲折蜿蜒百里长
清清澈澈母亲河
孕育两岸好风光
炊烟袅袅金鸡唱
绿杨掩映小村庄

春来桃花夹岸开
麦田青青菜花黄
夏收麦浪荡金波
秋播冬藏人更忙

喊我西肖楼老寨门
喊我绕村的土寨墙
喊我的寨壕大水坑
红荷盛开满村香
村姑采菱荡小舟
顽童逮鱼闹翻塘
一排青石铺坑沿
姑娘媳妇洗衣裳
噼噼啪啪棒槌响
洗着衣服拉家常
入夜池蛙大合唱
头枕蛙声入梦乡

（2018 年 10 月发表在《河南思客》）

秋夜虫鸣

月光宛如水银泻满一地

穿行铺满落叶的小径
它的脚步很轻很轻
还是踩碎了唧唧虫鸣

织娘的织机轧轧有声
机房就设在河湾桃树林
合奏是蛐蛐儿的和鸣
还有来自乱石堆杂草丛的琴声
多么美妙的月夜啊
会发声的都在发声

歌唱大地　歌唱星空
歌唱丰收　歌唱生命
心曲才是主旋律
所发声皆为自在声
我愿加入大合唱
放声欢歌迎黎明

（2018 年 10 月发表在《河南思客》）

难忘乡愁

夜阑更深晚风轻，

碧梧小院月朦胧。
羁旅乡愁知多少，
万缕千丝入梦中。

难忘那低矮土坯茅草房，
村里人早晚汲水的辘轳井，
晚霞里牧归的牛哞羊咩，
花格窗纸亮起的麻油灯。

难忘那环绕村庄的老寨墙，
夏夜里河边飞舞的萤火虫；
墙根下杂草丛中蛐蛐叫，
玉米地黄豆棵里蝈蝈鸣。

难忘那村东头清凌凌的小河水，
夹岸如约而至的柳绿桃花红；
孩提时调皮戏水的小伙伴，
青石桥下掏摸螃蟹洞。

犹忆儿时清明节，
细雨纷纷杨柳青；
母亲带我去上坟，
野草垂泪路泥泞。

难忘祖父母坟上迎春花，
父亲坟头的茅芽紫地丁，
坟间郁郁葱葱的小柏树，
树枝头风声飒飒有鸟鸣。

难忘那麦熟时节柳荫黄鹭叫，
黎明“吃杯茶”声声叫懒虫；
社员们起早贪黑忙收割，
个个披星戴月沐晓风。

尤难忘外婆织机投梭忙，
棉油灯伴娘纺线到五更；
一家人吃糠咽菜日子苦，
小石磨呼噜噜连声叹贫穷。

难忘春节观看踩高跷，
人山人海围得不透风。
“卖膏药的”打把油纸伞，
“花挑旱船”扭起来一溜风。

难忘风雪夜归狗吠叫，
黎明前山村农家鸡打鸣；
上工钟声敲得星星落，

迎来朝霞满天红。

难忘草屋积雪三尺厚，
茅檐垂挂如锥长冰凌。
小儿嘴馋误当冰糖嚼，
手指头冻成姜芽红。

难忘村中坑边的吃饭坊，
亲族相聚闹哄哄，
你端碗玉米糁粥就生萝卜丝，
我拿张黍面包皮烙饼卷大葱。

最开心莫过夏夜饭后纳凉处，
大爷表伯口若悬河表西东；
说罢刘关张兄弟古城会，
再叙孙悟空三打白骨精。

七邻八舍如瓜瓞，
乡情就是那根藤。
平时难免有磕绊，
遇灾难还能拧成一股绳。

温热莫过家乡田中土，

明亮应数家乡北斗星。
怀揣乡愁走天涯，
难忘最是故园情。

（2014 年 11 月发表在《尧神》）

秋天的田野

秋天的田野，
一本彩色的画集。
它会告诉你
许多深刻的道理：

向日葵告诉你，
人不能没有信仰；
红高粱告诉你，
要高擎理想的火炬；
马铃薯告诉你，
有成绩不应该炫耀；
狗尾草告诉你，
骄傲意味着头脑空虚；
成熟的豆荚笑说：

贡献是最大的幸福；
绽裂的棉桃暗示：
心灵理应是纯洁的……

秋天的田野呵，
是本含蓄的画集。
自田野归来的小朋友，
从中领悟了很多启迪。

（2017 年秋写于鲁山，发表在《鲁山简报》）

春到昭平湖

春到昭平满眼绿，
十里长堤飘柳絮。
风送花香醉游人，
碧波万顷荡涟漪。
环湖青山列翠屏，
白鸥戏浪自在飞。
眺望巍峨金山岛，
刘氏始祖豢龙地。
烟笼雾锁姑嫂石，

玉树临风湖中立。
得意画舫竞相渡，
处处笙歌奏新曲。

（2018 年 2 月发表在《河南思客》）

昭平湖写意

群山拥湖湖映山，
山清水秀好家园。
绿杨荫里藏亭台，
望湖楼外柳如烟。
平湖百里船竞渡，
游人如织笑语喧。
若把昭平比西子，
直把鲁山作临安。

（2018 年 12 月发表在《河南思客》）

霞落昭平湖

夕阳衔山际，

晚霞落平湖。
神秘姑嫂石，
身披彩绸舞。
曼妙美舞姿，
婉转好歌喉。
游人和而歌，
惊飞一滩鹭。
更喜百花开，
昭平成花圃。
人在花中游，
馨香浸肺腑。
生于斯幸运，
活在此幸福。
纵行千里外，
心泊昭平湖。

（2017 年 3 月写于河南鲁山昭平湖，2018 年 2 月发表在《河南思客》）

农村新歌

别了，黢黑的夜

好风好雨好时节
一条秧儿结了
恁多的明月

月盈满，永不缺
农家从此告别
黑黢黢的夜

奶奶叹道：
“麻油灯熬了上千年
老眼昏花的，也该歇一歇”

孙媳插话：
“这新时代光鲜的日子
可不能叫油烟给熏黑”

“咔”！淘气的娃一拉电闸
亮堂堂洒满堂屋的是
庄稼人再也关不住的喜悦

（2019年5月发表在《尧神》）

一盆茶花

赶年集归来，老汉
捎带一盆盛开的茶花
正给“大阳”加油的儿子
挖苦他：“‘养鸟不如喂鸡，
栽花不如种菜’。爹，
咋就忘了你这句口头禅？”

老汉陡地脸红了
一边浇水，一边搭讪：
“三天两头开油锅，嘿嘿

腻人的口味也得换换”

“别听老东西瞎掰胡扯”
老伴一下子把他的老底戳穿：
“昨晚黑他悄悄给俺说的
说是俺那乡长媳妇讲了，往后
庄户人家也要培养爱美的习惯”

（2019 年 5 月发表在《尧神》）

在那山路拐弯的地方

一爿小吃店
在山路拐弯的地方开张
门前那方新油漆的招牌
红光满面，喜气洋洋
跟忙前忙后的店主人一样

四川人爱辣——放川椒
福建人喜甜——多搁糖
来了山东大汉子
烙饼大葱嚼得香……

客主一家人
离乡犹在乡

深圳打工归
姑娘不惆怅
爹掌勺，女跑堂
山深店小名气大
野花一枝百里香

山村小吃店
有副热心肠
店里落过脚
终身也难忘
山路在此绾了个结儿
把南来北往过客的心
牢牢地拴在这个地方

（2019 年 5 月发表在《尧神》）

山游记趣

山垭口

两山余脉山垭口
一条小路东西走
往东走，雁鸣庄、孤山头
三条河流交汇处
繁华集镇名交口
山间公路连鲁山
高速公路通郑州
往西走，八百里地伏牛山
崇山峻岭尽锦绣
石人山、白云山、老君山……
万千美景不胜收

山垭口啊山垭口
南边一个土地庙
庙旁一棵歪脖柳
北边一座山神庙
庙旁一棵老栎树
树下各有一块大石板
石板周围摆放青石头
行人到此歇歇脚
喝杯茶水润润喉
山神土地拜一拜
祈求神仙多保佑

山垭口啊山垭口
垭北一间小超市
货品齐全样样有
山枣核桃土蜂蜜
猴头木耳松蘑菇
更有鲁山土特产
名闻遐迩柞丝绸
七月阳桃八月炸
高山沙梨治咳嗽
野生山药金银花
当归桔梗银柴胡

物美价廉又环保
名副其实中药库

山垭口啊山垭口
垭口虽小连九州
山垭口上走一趟
此生美梦常驻留

（2018 年 11 月发表在《尧神》）

山乡“农家乐”

山村傍小河，
村头柳一棵。
柳下好荫凉，
开片农家乐。

瓦房一排溜，
鸟鸣境更幽。
青山院后斜，
竹林屋前绿。

黄昏鸟归林，
红霞漫天舞。
一天劳累后，
农友好去处。

洗个热水澡，
净净身上土。
品尝家乡菜，
喝点宝丰酒。

醉后相扶归，
林间闻鹧鸪。
相呼明日见，
笑语满村路。

（2018 年 2 月发表在《河南思客》）

三岔口

一条乡间公路
通往大山深处
转弯一株老槐

几簇黑瓦小屋
村头粉白山墙
红漆字大如斗：
三岔口
三岔口啊三岔口
到此要分三路走
西北去桃园沟
正西去竹园沟
西南去柿树沟

蹬单车驴友
最爱桃园沟
赏花品鲜桃
不舍春与秋
享的是眼福
饱的是口福
一带一恋人
首选竹园沟
新篁隐曲径
逍遥鸳鸯游
林深情愈浓
语喧山更幽
柿树沟里柿子红

满坡遍挂红灯笼
红火最是农家院
食客盈门闹哄哄
黄焖土鸡野蕨菜
自酿美酒盅对盅
酒酣心热赞盛世
痛饮欢歌到天明

（2020 年 7 月发表在《河南思客》）

文殊寺

豫西八百里伏牛山
水秀山青一派好风景
云遮雾罩，林木葱茏
文殊寺坐落在群山中
寺内五棵千年老银杏
最老一棵二千八百岁
树梢高过对面的山顶
它是山中众树祖师爷
伏牛山有名的老寿星

老银杏老而弥坚，生机蓬勃
头悬秦汉冷月，桠缀唐宋寒星
经霜的老银杏宛若五尊金佛
凉风飒飒落叶飞
山寺沐浴金雨中
香客呀，游人呀
寿星面前众生多么渺小
要爱惜光阴、珍重生命

夕阳坠山坳
岚霭渐朦胧
雀归巢，月东升
此时心境净无尘
鹧鸪声里忘归程

（2020 年 7 月发表在《河南思客》）

山中游

风和日丽正金秋
今日有暇山中游
不骑单车不打的

背上背包信步走
撇开大道走小路
曲曲弯弯径通幽
夹岸青山碧连绵
河水清澈鱼群游
鹅鸭嬉戏浮绿水
村姑浣衣在埠头
红瓦粉墙农家院
松青竹翠拥小楼
过苇园，到柳林
碾盘庄，石碑沟
过茶庵，到草店
青石崖，红河谷
宿王店，月明石
晒衣山，大槐树
柿树坪，山岔口
牛皋庙，大王庄
蜿蜒蛇行到土楼
一村一个好故事
一庄一部历史书
一路田园好风光
一路美景不胜收
一路文明和文化

一路乡音与乡愁

（2018 年 6 月写于鲁山熊背）

深山闻歌

路弯弯，山重重
悠扬山歌好动听
像那流水拨琴弦
又似松林啸长风

山重重，水隐隐
歌声美妙动人心
登高放眼望远方
满眼尽是松柏林
晚风送来野花香
山岚彩霞铺云锦
云深路险十八拐
何处寻访唱歌人

（2018 年 7 月写于鲁山团城山）

重登鲁山坡

又是一年重阳节，
相约登临鲁山坡。
同窗老友喜相逢，
嘘寒问暖乐呵呵。

绿杨青柳映道观，
油桐花谢结硕果。
半坡尽是山楂树，
“玛瑙”映日红胜火。
崖顶沟畔野菊放，
山涧顿成黄金河。

意欲揽胜九女潭，
瑞霭托我上云端。
牛郎洞前人如织，
绿男红女笑语喧。
溪流潺潺弹丝竹，
伴我放歌山水间。
间有奇鸟鸣相和，
疑似凡身列仙班。

俯望山下满眼绿，
青纱帐里忙耕田。
果熟瓜香诗意浓，
家乡巨变人心欢。
一队村童放学归，
胸前领巾飘火焰。
朱瓦粉墙农家乐，
鸡啼狗吠唱丰年……

日头下山人下坡，
游兴未尽感慨多。
相约来年再聚首，
依依话别情难舍。

（2019 年 10 月发表在《河南思客》）

大美九女潭

鲁山坡丛林里的泉水
汇聚成的一条潺潺小溪
带着神的祝福人的祈愿
日夜奔流不息

溪水清澈映着蓝天白云
夹岸是古藤茂密交错
野花璀璨争芳盛开的岩壁
潺湲溪流突然腾空跃下
断崖下经年累月冲刷成一潭幽幽深壁
方方正正如能工巧匠刻意雕凿
游人到此无不惊叹称奇

传说天上玉皇大帝的九个女儿
对此处的美景青睐有加
常于风清月明的夏夜
驾祥云来这里嬉戏沐浴
至今潭边那块巨大的“龟盖石”上
还隐约留下仙女们的纤纤足迹

这浑然天成的九女潭溪风景
着实让仙界人间痴迷
春来百鸟和鸣如天籁合奏
潭溪野花齐放争新斗奇
盛夏潭中野莲怒放
清香四溢沁人心脾
深秋野果盈枝似珍珠玛瑙
溪畔崖顶铺满金灿灿的野菊

不是仙境胜仙境
九女潭溪风景旖旎
别有洞天好资源
合理开发应当时

（2017 年 10 月写于鲁山露峰山）

鲁山红河谷

红河谷，伴着
一条明石路
山间蜿蜒二十里
一路绿水青山
一路花香鸟语
河道布满赭红色卵石
昭示红河谷名称由来
沙滩洁白如银
仿若素锦铺展
敢问谁为织女

夹岸花岗岩山体
层峦叠翠

林木茂密
春日山花烂漫
五彩缤纷，蝶舞莺啼
金秋硕果累累
压弯枝头，溢甜流蜜

三两农家
近山傍水
炊烟袅袅
花枝依依
鸡鸣犬吠
村童嬉戏
修竹野卉
半掩门扉

几处河湾
风景奇秀
河水清澈
鱼翔浅底
陡峭光滑
岸岩壁立
河水漫过巨石
月下松柏苍郁

真有几分
王维诗意

山岭云笼雾锁
一如巨人拦路
河水就此止步么
答曰否！你看它
千回百折
何曾停息
君未闻辛弃疾词耶？
青山遮不住
毕竟东流去

（2018 年 6 月写于熊背雁鸣庄）

山中月

莹洁如玉盘
皓月出东山
清华洒窗牖
银辉照无眠

桃花潭，梨花谭
珍珠潭，碧玉潭
潭潭水中月
随着山影转

鲤鱼泉，蛤蟆泉
喜鹊泉，蝴蝶泉
朦胧泉中月
缥缈云雾间

山溪水，月伴流
跃石滩，过深沟
一如山民奔小康
天籁合奏唱丰收

（2019 年 6 月写于鲁山熊背）

往事悠悠

外婆的小石磨

父亲去世时我还不满三岁
寡母带我到外婆家栖身
外公过世时舅舅尚未成年
两家苦命人合过苦日子
黄连兑黄柏苦上再加苦

外婆家村后只有一亩薄地
住的小草房阴暗又潮湿
糠菜半年粮剜野菜充饥
青黄不接度春荒如过鬼门关

外婆家有一盘小石磨

吃粮食都用小石磨拐着
小麦拐碎做稀粥
高粱、麸皮、炒焦
拐碎、拌野菜做成黑窝窝

每天外婆拐着小石磨
母亲拐着，舅舅拐着
拐着窗外的星移月转
拐着屋前的泡桐花开花落
外婆拐着小石磨
脸上皱纹、头上白发愈来愈多
舅舅在苦日子里长大成人
去一家鞋铺当学徒、打杂干活

终日期盼一家人没灾没难
平平安安也算幸福生活
忽然一日东关保部通知了舅舅的壮丁名单
独生男丁当壮丁有理能对谁说

无奈我母亲陪着舅舅到亲戚家躲壮丁
家里只剩年幼的我和年迈的外婆
外婆愁苦的脸愈加憔悴

拐着小石磨泪水常挂满眼角

（2013 年 7 月写于鲁山东关）

乱葬坟

东关外，桃树林，
原先是片乱葬坟：
冢塌穴陷见白骨，
昏鸦鸣树愈阴森。

一九四二遭荒旱，
飞蝗蔽日禾不存。
赤地千里路人断，
祸乱更有日伪军。
卖儿鬻女寻常事，
时闻邻家人食人。
饥民倒毙饱饿狗，
惨绝人寰痛人心。
幸有大户捐义地，
残尸剩骨殓入坟。

芦裹席卷草葬埋，
年深日久无人问。
坟间枯骨到处是，
荒草萋萋一人深。
月黑风厉闪磷火，
夜寒霜冷荡游魂……

新时代，气象新，
乱葬坟变桃树林。
春来花开红云起，
仲夏果熟迎嘉宾。
往昔无主丛葬地，
如今景色多宜人！
日前我打此地过，
似闻坟间有话音：
“旧社会把人变成鬼，
新社会把鬼变成人……”

（1965 年 4 月写于鲁山东关。本诗曾获鲁山文化馆举办的诗歌创作比赛二等奖）

忆清明

清明是个多泪的日子
人在哭云也在哭
泪水湿了行人衣
泪水湿了脚下路
草叶的眼睫毛上
挂着晶莹的泪珠

父亲坟头的迎春花已经开放
我猜想是怕母亲牵挂
父亲在用灿烂的笑容
掩饰他的忧伤与悲苦
娘在坟前上了三炷香
又点燃厚厚一叠纸钱
香烟袅袅是母亲无言的诉说
纸灰如银色的蝴蝶翩跹起舞
飞旋的纸灰徘徊不肯离去
一定是冥冥中慈父的魂灵
把他孤苦无依的妻儿护佑
愁云低垂　雨丝更绵密

风声呜咽　人哭云也哭

在我儿时的记忆里
只有父亲渐行渐远的背影
总觉得哪一天他会突然归来
像往常一样掸落襟上的征尘
然后笑吟吟地把我举过头顶……
坟头这盛开的迎春花
不就是他腰间的一串金钥匙么
想家了就回来看看吧
随手打开老宅那间卧室的房门

（2017年3月28日写于鲁山，2017年3月发表在《鲁山简报》）

秋夜望南飞雁

天苍苍，
野茫茫。
几点疏星，
一弯月亮。

冷风透骨，
凝露为霜。
思绪悠悠然，
兀立院中央。

遥望南飞雁，
排列成一行。
负载三春梦。
奔赴温柔乡。

一雁失爱侣，
孤单又彷徨。
声声诉凄苦，
闻者欲断肠。

忆昔深秋夜，
与今何相像。
一样月如钩，
长空鸣雁行。

讲述孤雁事，
泪滴湿衣裳。
说雁如自诉，

母亲好心伤……

拳拳思母情，
心有一瓣香。
属意南飞雁，
代我寄天堂。

（2018 年 9 月发表在《现代物流报》副刊）

小河之殇

光阴荏苒斗转星移
廿年岁月匆匆逝去
偶回山乡夜宿工作过的医院
梦中小河又荡起涟漪

打开记忆的闸门
让时光之水倒流
年轻的小河又回来了
我就是河边返青的柳

垂柳丝长拂清波

绿杨荫里蝉歌稠
藻荇横斜鱼穿梭
白羽红掌肥鹅游

最美当数初秋夜
新月才上柳梢头
蛙鼓送来丰收信
萤火提灯河上走……

晨起再访小河去
一派惨淡使人愁
岸树红蓼无踪影
潺潺河水已断流
两岸沙坡不见沙
坑积污水散恶臭
心痛欲哭却无泪
枯荻衰草倍增忧……

我在河边徘徊流连
牧羊人正赶着他的羊群下山
一个响鞭把他的歌甩出老远
“俺要那金山银山哎，也要那
绿水青山……”

歌声像漫天朝霞一样炽热
即刻已将我的信心点燃

（2015 年 2 月发表在《尧神》）

椰风蕉雨访海南

海湾月夜

海上月明如昼，
晚风轻摇渔舟。
三两旧友相聚，
执杯对饮乡愁。

（2015 年元月写于海南，2015 年发表在《现代物流报》副刊）

夜宿兴隆

入住海南兴隆，
夜静浪平月明。

风拂蕉动椰摇，
满窗斑驳投影。

爱林间猫头鹰啼，
喜四野喧噪虫鸣。
忘却身为异乡客，
恍若故园春睡中。

虫鸣，鸟啼，
千丝万缕异乡梦。

(2015年元月写于海南兴隆，2015年3月发表在《现代物流报》副刊)

雅诺达热带雨林

海南雨林，神秘国度；
天然氧吧，中药宝库；
石阶穿云，栈道劈雾；
悠悠吊桥，跨溪越谷；
老葛野蕨，芭蕉黄竹；

葱茏长廊，藤蔓古树；
百年龙眼，果甜十足；
相思红豆，黄梨嘉木；
石绽奇花，树上生树；
徜徉桃源，仙境景殊。

（2015年元月写于海南，2015年3月发表在《现代物流报》副刊）

云龙湾

阳光沙滩椰树，
海风荡涤肺腑。
云飞惊涛裂岸，
龙之踪影却无。

（2015年2月写于海南，2015年3月发表在《现代物流报》副刊）

海滨浴场

水天一色碧透，
闲云来去悠悠。
银海滩上伞密，
灿若百花竞秀。

（2015 年 3 月写于海南，2015 年 3 月发表在《现代物流报》副刊）

红树林——常青树

红树林啊常青树
护卫海岸这绿色画屏
渔村在你臂弯里沉入梦乡
拍岸细浪是她匀和的鼾声

红树林啊常青树
你有一颗博大的爱心
鱼虾蟹贝在此繁衍生息

避寒候鸟在你怀中栖身

红树林啊常青树
英雄战士坚毅的象征
扎根南疆为祖国站岗放哨
一腔热血从不轻易示人[①]

注：①红树含单宁酸，砍伐后汁液经氧化呈血红色。

(2015 年 2 月写于海南文昌，2015 年 3 月发表在《现代物流报》副刊)

黔南行吟

车行黔南道中

崇山峻岭秀
入目尽葱茏
车行盘山道
身游云海中
茶香飘天外
野花向阳红
山槐堆雪
苍松点翠
飞瀑鸣雷
峡谷幽深
九曲十拐切换急

都是黔南好风景

（2016 年 5 月写于贵州金沙江）

兴义印象

步入兴义小城，
一派南国风情；
郁郁松柏叠翠，
三角梅花正红。
棕榈入云擎天，
奇石常伴古藤。
更喜千岁老榕树，
长须垂地美髯公。
城外巅连是青山，
罗列万座馒头峰。
参差错落望苗寨，
时闻咚咚苗鼓声。

（2016 年 5 月写于黔南兴义）

黔南吟

山多彩
水多姿
山拥水入怀
水藏山于心
你中有我
我中有你
两情相悦
永不离分

壁立千仞别玉簪
清流如带系罗裙
烟岚挥绢帕
山风弹瑶琴
黔南女
真动人

迎宾笑靥花如海
人比国酒更醉人
登车别黔南
依依不舍情

挥手自兹去
留我相思魂

(2016年5月写于贵州马岭河大峡谷)

咏物篇

萤火虫

夏夜风轻
河水淙淙
萤火虫飞过河边草丛
点亮无数巡游的灯笼

无数飞舞的灯
恰似天上的繁星
组成一个个星座
那白茫茫的银河也看得清

今晚山村的夜市热闹、隆重
商品琳琅、山货齐整

人们正从四面八方纷纷赶来
萤火虫点亮所有的灯笼
照亮山村石铺的街道
把所有的黑暗都照成光明

（2016 年 3 月发表在《现代物流报》副刊）

蜗　牛

是居室也是包袱
是幸福也是痛苦
此为宿命
想放也放不下
徒有“牛”名
命比牛惨
既不会拉车
也不会耕田
怎么牛得起来？

（2016 年 3 月发表在《现代物流报》副刊）

菜青虫

绿是你的保护色
你却要以绿为敌
吃光窝边草的野兔
把自己暴露给猎鹰
伤害朋友者伤害的
同时也是他自己

（2016 年 3 月发表在《现代物流报》副刊）

爬山虎

从不踩着别人的脚印走
在没有路的地方走出一条路
山有多高
志气就有多高
胆气就有多壮
不是虎　但

比虎更虎

（2016 年 3 月发表在《现代物流报》副刊）

螳螂的爱

精心梳妆的母螳螂
打扮得妖艳动人
约雄螳螂共度良辰

雄螳螂果真动了心
与母螳螂倾情温存
欢愉之后，这妇人
却翻脸不认人
雄螳螂的肢体脑袋
成了她的一顿美餐

其实我们看到的只是表象
斥雌螳螂“无情”也太冤枉
这里吃与被吃实为两厢情愿
父之“献身”与母之“冷酷”
体现的都是大爱

给母腹中的孩子提供营养
让未来的后代更加健壮

（2016 年 5 月写于郑州）

喜　鹊

早晨　喜鹊落在院墙
或是登上枝头叫
主人都会喜上眉梢
呵　喜鹊报喜来了
喜事就要降临了
到底如何
只有天知道

每年七月七
喜鹊们成群飞到天河去
搭起一座长长的鹊桥
让苦苦思念的牛郎和织女
有了一年一度难得的团聚
神话故事美丽动人
终究显得虚幻缥缈

“花喜鹊，尾巴长，
娶了媳妇忘了娘”
小儿学唱的童谣
却对我有所触动
不尽孝道无良心的人
居然找来替罪的鸟

（2016 年 8 月写于郑州）

乌　鸦

早晨，乌鸦呱呱叫着
落在邻家墙头上
院主人生气地破口大骂
“打死你这只破嘴老鸹”
乌鸦悻悻地飞走了

村里隐约传来哭泣声
原来是位 90 岁的老人去世了
家人愤怒驱赶树上鸣叫的乌鸦
乌鸦扑棱棱仓惶飞走了

总之都认为乌鸦是不祥之鸟
村里的树都不容他们栖身
与我们的偏见对比鲜明
童话里乌鸦喝水的故事
述说乌鸦的聪明与天真

其实乌鸦是捕食害虫的益鸟
它是人类伟大的朋友
农业大丰收的保护神
日本东京英国伦敦
天空都常有乌鸦的身影

（2016 年 8 月写于郑州）

稻草人

我是稻草人
头戴破草帽
身穿褴褛衣
手拿一把破葵扇
站在谷地里驱赶鸟雀
无论昼夜刮风下雨

我恪尽职守寸步不离

最可恨的是田鼠
谷黄时节　它们
比农夫还“忙碌”
农夫白天忙
它们夜里“忙”
忙着把农夫一季的辛苦
往它们肮脏的洞里搬
还恬不知耻地揶揄农夫：
“谁说没有耕耘就没有收获？”

（2016年8月写于郑州）

鹅卵石

我们一行午后抵达台湾最南端
一个叫作鹅銮鼻的旅游景点
有人说这里就是天尽头
南天门就在它上方厚重的云层里

洁白如银的海滩上

散落着无数鹅卵石
一颗晶莹剔透，洁白如玉
捡起它，我怜爱地揣进怀里

不远千里我带它回到家乡
人见人爱，夸赞它的奇特美丽
卵石上有几缕淡淡的墨绿色斑点
是不是忧伤的鲛人遗落的泪滴？

置它于明净窗台
让几盆鲜花陪侍左右
我在旁悠闲观赏
如坐回台南的海风里

仿佛又见海上风卷浪涌
浩瀚的太平洋湛蓝无际
渔船在浪涛间隐现出没
鸣叫的白鸥上下翻飞……

长夜里辗转难寐
似闻卵石在喃喃自语
怨我不该把它带来
关山阻隔，难忍思乡的孤寂

我对卵石郑重承诺
有一天我将偕你重返故里
旌旗如海，欢声雷动
共庆祖国和平统一

（2015 年 7 月发表在《尧神》）

狮子与长颈鹿

在南非国家野生动物园里
随处可见高大的长颈鹿
举着高昂的头颅
迈着绅士的方步
俨然王者风度

草原上有一种牙签树
长满钢针一样的利刺
长颈鹿啃吃鲜美的嫩叶
而不被锐利的“牙签”刺伤
长颈鹿的躯体重达两吨
堪称名副其实的庞然大物

在“动物世界”的电视节目里
我看到狮群围攻长颈鹿的场景
可谓惊心动魄残暴血腥
雄狮老爷们儿只管坐享收获
狩猎的任务主要由母狮完成
她们分工明确、各负其责
一旦锁定目标
猎物将很难逃生

长颈鹿虽有庞大的身躯
却没有搏击厮杀的本领
主攻的母狮一口封喉
这就是致命的“死亡之吻”
长颈鹿终成狮群的美餐
秃鹫鬣狗们也分得一杯羹

弱肉强食在动物种群里本无可厚非
让人匪夷所思的是野蛮的丛林法则
至今依然在文明的世界里肆意横行

（2015 年 5 月 1 日写于南非国家野生动物保护区）

散　章

写字楼

矗立于都市中心，
写字楼巍峨恢弘。
俊男靓女进进出出，
像一群忙碌的工蜂。

繁华的都市宛如巨型花圃，
流蜜的生活是他们美好的憧憬。
告别大凉山彝家竹楼，
告别黄土高原的窑洞，
告别中原无际的青纱帐，
告别南粤火红的荔枝林……
怀揣多彩的中国梦，他们

来自五湖四海，南北西东。

下班后临街店买个菜夹馍，
配着豆浆或是小米粥；
周末约上三五好友小酌，
几盘小菜外加冰镇麦啤酒。

这里每天都是高负荷的生活节奏，
有成功的喜悦，也有失意的悲愁。
累了困了，呷口咖啡提一提精神，
星光隐去，东方破晓，已是晨曦微露。

写字楼又似一艘巨大的航船，
生活大海上颠簸的诺亚方舟。
航程上既有风清月明、艳阳高照，
也有暗藏的礁石险滩、涡漩激流。

驾驭人生的航船乘风破浪，
不怠惰，不犹豫，不回头。
就像寥廓海天翱翔的海鸥，
穿越风雨，展放嘹亮的歌喉……

（2015 年 5 月发表在《尧神》）

春　雨

真是一场好雨啊
沙沙沙沙……
沉睡一冬的色彩
全给唤醒了
麦浪叠翠
油菜花摇金
紫云英流霞……

小镇　曲巷
笑语在青石小径上
打滑　从物交会归来的
大姑娘小媳妇
怕淋湿电动车上满载的
欢喜　遮阳伞瞬间绽放
五颜六色的奇葩

（2016 年 3 月写于鲁山张良镇，2019 年 2 月发表在《信阳文学杂志》）

赞中牟

中牟境内有牟山，
山虽不高碧连绵。
翠屏环列雁鸣湖，
碧波万顷荡漪涟。
温柔之乡雁栖居，
候鸟欢飞避冬寒。
芦苇苍茫鹭鸣湖，
山光水色共潋滟。
湿地公园景宜人，
百媚千娇绿博园。
大蒜肥蟹享盛誉，
中牟大地土特产。
物阜民丰奔小康，
豫东明珠耀中原。

（2018 年 5 月写于中牟，发表在《河南思客》）

祝福《鲁山报》

——为庆贺鲁山报创刊一周年而写

鲁山报，鲁山报，
去年今天你诞生了，
一年日子不算长，
你的质量大提高！
如今语言多通俗，
形式多，文章小，
有文字，有插图，
“文图并茂”多么好！
粗通文字能看懂，
不识字一听也明了。

鲁山报，鲁山报，
你的作用真不小；
时事新闻你给俺讲，
各种经验你介绍；
新人新事你表彰；
教育群众作仿效。
“铁面无私”的鲁山报，
坏人坏事不宽饶。

你是党的好助手，
你是群众的好“响导”。

鲁山报，鲁山报，
望你今后莫骄傲，
你的任务多艰巨，
群众对你要求高，
亲爱的朋友鲁山报，
亲爱的老师鲁山报，
祝你努力再努力，
建设事业中立功劳。

（1955 年 6 月发表在《鲁山报》）

祝《鲁山简报》越办越好

——贺《鲁山简报》十三华诞

在这新春乍临、熏风骀荡
阳光明媚的日子里
“鲁山简报”迎来了
她的十三周岁华诞
可喜可贺

十三年来一路风雨兼程
十三年来一路繁花似锦
“鲁山简报”
坚持四项基本原则
坚持党媒姓“党”
做党的忠诚喉舌
自强自立
信念坚定
高举毛泽东思想、邓小平理论、
习近平新时代思想的伟大红旗
为实现中华民族伟大复兴的
中国梦
不忘初心
高歌猛进！

“鲁山简报”
是面正义的旗帜
是柄反腐的利剑
弘扬社会正气
鞭挞不良世风
满满的正能量
满满的真善美

"鲁山简报"
图文并茂
短小精悍
求真务实
为群众喜闻乐见
是鲁山人的良师益友
新时代的战鼓、号角
前程花团锦簇
责任更加繁重
愿"鲁山简报"
新长征途中
再接再厉
再立新功

（2019 年 3 月发表在《鲁山简报》）

丰收谣

一座山，两座山
大路上，滚尘烟
拉麦车，跑得欢
小弟弟，站路边

咀里数着一二三
一座山，两座山……
数了半天没数完

它说弯月没它弯
弯弯月儿爬上山
担麦社员如梭穿
扁担压哩吱吱响
它说弯月没它弯

脸朝天，才见尖
你一担，我一担
场上麦子堆成山
麦子山，麦子山
脸朝天，才见尖

（1958 年 6 月发表在《鲁山报》）

抗旱五更谣

一更抗旱满天星
星星哪有灯光明
男女老少齐上阵

誓与干旱作斗争

二更抗旱月儿升
借着明月当天灯
水车辘辘转如飞
万道银龙流田中

三更抗旱月当空
渠水弯弯响淙淙
闸门一开灌秋田
浇了一垅又一垅

四更抗旱月偏西
星星疲乏眨眼睛
水车依然哗哗响
月光溶溶伴歌声

五更抗旱天将明
朝霞万道东方红
茁壮禾苗点头笑
预报秋季好收成

（1958 年 8 月发表在《鲁山报》）

扁担谣

桑木扁担溜溜软
挑土担粪忽闪闪
挑的东方红日出
担的晚霞铺西天
挑的瘦田直流油
穷山变成金银山
担来富裕小康村
日子过得蜜样甜

（1960 年发表在《许昌市报》）

月光谣

一轮明月挂天上
今夜故乡好月光
村前河岸风摆柳
水面如镜亮堂堂
天上明月在河里
河里明月在天上

夜深还有野鸭戏
诗意弥漫芦苇荡
墙外寨壕是荷池
南风送暖荷花香
青蛙坐在荷叶上
一片深情唱月亮
溶溶月色轻如纱
村庄静谧多安详
偶有牛哞羊咩叫
多少人家在梦乡
每人都有一个梦
有甜有苦有忧伤
举头望月思游子
异乡游子思故乡
坑沿树上花喜鹊
错把月光当曙光
早早醒来喳喳叫
和着鸡鸣报吉祥

（2019 年 6 月写于鲁山）

植树谣

扛起镢头掂把锨
姑娘小伙上北山
风卷飞雪漫空舞
疑是梨花扑胸前

种树种得摇钱树
敢叫穷山变富山
挥汗权当水浇树
造福子孙莫等闲

（1960 年发表在《河南青年报》）

域外游踪

莱茵河

莱茵河，德意志民族成长的摇篮
科隆至美因茨堪称她最美的河段
河道蜿蜒，河水清澈，如诗如画
两岸是望不到尽头的绿色葡萄园

莱茵河，欧陆肌体的主动脉血管
客货轮往来穿梭，汽笛鸣声不断
风格各异的民居、以及千年古堡
移步换景，童话一样美妙而奇幻

从阿尔卑斯山麓到海港鹿特丹
莱茵河可谓和谐共处的最好见证
沿途六国如同六颗璀璨的明珠

莱茵河就是串联它们的那根金线

（2018 年 9 月写于德国法兰克福，2019 年 6 月发表在《河南思客》）

阿尔卑斯山

我随团赴瑞士旅游，
乘缆车登上阿尔卑斯山巅。
天气是少有的晴好，
碧空无际，阳光灿烂。

近望松杉茂密，郁郁葱葱；
远眺峰巅积雪，群山连绵。
山下湖泊宛如一面明镜，
映出阿尔卑斯俊伟的容颜。

群山不舍地怀抱湖水，
湖水深情地偎依群山。
美丽的阿尔卑斯山呵，
悠游其间，飘飘欲仙……

（2018 年 9 月写于瑞士，2019 年 6 月发表在《河南思客》）

阿尔卑斯山的乌鸦

登临阿尔卑斯山巅
见识了一道奇特景观
被东方人视为不祥的
一群黑鸟从远方飞来
在晴空里自由地盘旋
与喜欢嚷嚷的东方乌鸦
不同　三三两两落地后
静静地，用好奇的目光
打量来自远方的游客

体型较中国乌鸦略小
却活泼顽皮而又大胆
从儿童手里抢食毫不客气
还落在游人的肩头逗你玩
又飞来飞去呼朋引类
共享这免费的野餐
多么聪明的黑精灵哦
多么和谐的人与自然

我想起四年前的日本之游
在三月东京的上野公园
春风和煦，阳光灿烂
原本心绪晴好
如盛开的樱花
陡然被突如其来的喧嚣打乱
从皇宫方向飞来的群鸦
或飞、或跑、或站
哇哇聒噪，令人心烦
还有的立到你面前
朝你翻白眼

在日本首都东京
乌鸦多得满天飞旋

（2018 年 9 月写于瑞士，2019 年 6 月发表在《河南思客》）

乘船游塞纳河

塞纳河上阳光明媚灿烂
清澈的水流波光闪闪
河水孕育了两岸文明

她是巴黎成长的摇篮

塞纳河如娴雅文静的少女
看云卷云舒，拥满怀幽蓝
水天一色，和谐大美
鱼群畅游，水鸟飞旋

海鸥自大洋远道来访
紧贴船舷与游客嬉戏
有胆大者若闲庭信步
游走于红男绿女之间
更有从孩子手中争抢食物
还顽皮地向你我频抛媚眼

夕阳下游塞纳河如行金光大道
迷人风光让异域游客流连忘返
卢浮宫博大精深，宏伟壮观
名画、雕塑堪称世界文化宝库
艺术发展史上难以超越的峰巅

埃菲尔铁塔曾创世纪之最
连埃菲尔先生也心生嫉羡
高可摘星揽月，风栖云飞

无愧巴黎象征，法国名片

魂牵梦萦的巴黎圣母院
让人想到维克多·雨果
他笔下的卡西摩多和红衣少女
伟大的爱成为人类精神的经典
而今钟楼还在，钟声依旧
却人去楼空，只留下记忆残片……
游塞纳河如徜徉艺术长廊
让人久久地流连忘返……

(2018年9月写于法国巴黎)

巴黎圣母院

法兰西共和国首都巴黎
有一座闻名世界的巴黎圣母院
这座纯石块砌成的哥特式建筑
气势恢弘，尖塔直插云端
三重高大的门楼
门楣装饰天使的雕像
技艺精湛、栩栩如生

大厅宏阔气派，豪华无比
吊灯华丽、无数蜡烛闪烁
光线柔和，和谐温馨
高高在上的穹顶
呈现大师的杰作：
天使飞翔，日月辉映，
碧空如洗，缭绕祥云
圣母怀抱圣子，画面庄严神圣……
信众虔诚祈祷，颂歌低回深沉
钟声像来自邈远的天国
声声震荡着人们的灵魂

我想起雨果的《巴黎圣母院》里
那个丑陋的撞钟人加西莫多
和美艳绝世的修女埃西美特尔
二人相濡以沫，心灵相通
命运凄苦，依然善良纯真
这故事让多少人刻骨铭心

塞纳河畔悠闲散步的情致
卢浮宫里观赏名画的雅兴
香榭丽舍人头攒动的热闹……
一切一切都与我渐行渐远

恍若穿越漫长的时光隧道
唯有这一对旷世绝配
正一步步向我走近，走近

（2018 年 9 月写于法国巴黎）

汉堡圣米夏·艾丽丝大教堂

教堂的钟声
撼人心魄
庄严
神圣
悠远

教堂的尖塔
直插云端
如上帝的食指
指给人看
——苍天在上

昊昊苍天
神灵有眼

人在做
天在看

天网恢恢
疏而不漏
善就是善
善结善果
恶就是恶
恶必有报
不是不报
时间没到

（2018 年 9 月写于德国汉堡）

法兰克福大教堂

法兰克福罗马广场西侧
有一座法兰克福大教堂
造型奇特，气势恢宏
尖塔入云，钟声嘹亮
巍然耸立五百年
阅尽人间沧桑

二战末期
法兰克福这座德国的重工业城市
几乎被炸弹夷为平地，化作灰烬
唯此大教堂得以幸免，毫发未损
不能不说是一个旷世奇迹

德国纳粹是人民的公敌
文化则属于全人类财富
战争无疑是头嗜血的巨兽
正义者却要坚守文明底线
我们要摧毁的是法西斯蒂
而绝不是优秀的文化遗产
这使我想起千年古都奈良
二战中也有过类似的命运
接受了梁思成的及时提醒
美军机在轰炸日本列岛时
奈良古都才得以完好保存

在变态的战争狂人面前
万能的上帝也会束手无策
唯理性、良知及对文明的
敬畏　才能
阻止野蛮杀戮

实现持久和平

(2018 年 9 月写于德国莱茵河畔)

天主教王国：西班牙

这里到处是林立的教堂
而教堂尖塔林立
这里是天主教的王国
而王国就是最虔诚的天主教徒
钟声悠远、深沉
震撼着大地
也震撼人心
早晨太阳从塔林里升起
黄昏太阳又沉落在塔林里

(2016 年 8 月写于西班牙的科尔多瓦)

彼得大帝铜像

圣彼得堡广场上

矗立着彼得大帝的青铜塑像
胯下的战马奋蹄嘶鸣
他昂首远瞩剑指前方
波罗的海的阵风
鼓动他的斗篷
威仪庄严
气宇轩昂
一代枭雄雄踞
俄罗斯人心上

无邪的海鸥
胆大无比
敢在太岁头上动土
一个个轮流飞来
在彼得大帝头上站立
不慌不忙
扭动身躯
从容不迫
梳理羽衣
更有甚者
敢把屎拉在彼得大帝脸上
而这位征服波罗的海的英雄
却默然无语　甘受海鸥欺凌

可叹，时光无情
英雄难过岁月关

（2017 年 6 月写于俄罗斯圣彼得堡）

米兰大教堂

意大利米兰大教堂
高大、庄严、辉煌
钟声神圣、悠远、嘹亮
声声叩击着人们的心房
尖塔如林，直指苍穹
告诫人们：青天在上
人类是多么渺小
永远是上帝的羔羊
日月就是上帝的眼睛
时刻都在向人间张望
让众人心生敬畏
要一心向善
且莫作恶逞狂

（2018 年 9 月写于意大利米兰）

游挪威松恩峡湾

世界上风景最美的 55 号公路
穿越世界上最长的山间隧道
迎来世界上最奇特的松恩峡湾
豁然开朗
别有洞天

苍山如屏
夹峙荡漾碧水
水明如镜
映照湛蓝长天
山有多高，水有多深
天有多青，水有多蓝
峭壁如削，飞瀑溅雪
山岚雾霭，缥缈如烟
亦真亦幻，天上人间
海湾宛若含羞少女
犹抱琵琶
半遮姣颜

游艇如梭

织一路笑语欢声
海鸥翻飞
迎访客畅游峡湾
一首异国情调的好诗呵
一帧天人和谐的画卷
让人陶醉呵
惹人流连

(2017 年 6 月写于挪威)

伦敦流浪汉与狗

伦敦有一座公园
离威斯敏斯特教堂不远
长椅上蜷缩着一个老年流浪汉
他形容枯槁　蓬首垢面
背后一个破旧杂物袋
一只空酒瓶躺在脚边
一只面目丑陋的卷毛狗
脏兮兮的　毛色与主人
污浊的长衫难以分辨
小狗与主人不离不弃

如影随形　朝夕相伴
在这寒意渐浓的深秋黄昏
在这灯红酒绿的大英帝都
唯老人和他忠实的小狗
抱团取暖

这情景让人好生感动
形同《悲惨世界》中冬天里的春天
我在暮色苍茫中离去
回望忠犬和它的主人相拥而眠
心中泛起温热的漪涟……

（2019 年 6 月发表在《河南思客》）

科罗拉多大峡谷

美哉！大峡谷
壮哉！大峡谷
从梦里到现实
从教科书到北美大陆
我走过半个世纪的路

印第安人小舟
载我顺流而下
在激流中颠簸
在梦幻中畅想
科罗拉多大峡谷
这巨大的艺术长廊
壁立千仞　岩体各异
造型奇特　鬼斧神工
若禽鸟百兽壁上游走
如羽衣霓裳天女散花
移步换景看不尽
尽是曼妙与神秘
恍若置身仙境中
叫人如何不称奇

大峡谷就是一架巨琴
科河如它的一根琴弦
宏大的乐章
优美的旋律
惊天动地
撼人心旌
浪花是那飞溅的音符
打湿过路的云

湿了游人的衣

凌空观景台
托我上青云
四顾荒漠
苍茫无际
俯瞰峡谷
深不见底
我赞美造物的博大雄奇
也慨叹生命的渺小卑微
真羡慕崖畔的野草闲花
自由自在　无忧无虑……

（2013 年 6 月写于美国，发表在《河南思客》）

迪拜沙漠之夜

月朗星疏风轻
横斜枣椰倩影
连绵沙丘如浪
遥闻缥缈驼铃
品穆斯林美食

宿阿拉伯帐篷
赏罢女郎歌舞
又醉酒绿灯红

(2015 年 5 月写于迪拜)

散文

　　而我对于榕树的情，就像扎根于岩石罅隙的老树根，已不能自拔，这一片悠悠情怀绵绵情意，且化作一股力量常常魂牵梦绕着心灵。

大浪河

我家村东有一条小河，名字叫大浪河。她年年月月川流不息，她是我们周围村庄的母亲河。

听上一代的老人们说，无论在历史上多荒旱的年代，大浪河都会保持涓涓流水，从来都没有干涸过。

据说在很久以前，大浪河两岸树木葱茏，植物繁茂。在河滩住着父子二人一户人家。父亲习惯用河滩边的一处泉水烧茶做饭，儿子却坚持用河岸上的井水另外烧茶做饭。结果父亲活到百岁仍须发乌黑，而儿子却过早地就须发苍苍。一日，儿子做错了事，父亲动手打他，路过行人看在眼里，就指责父亲，忤逆不孝，待父亲说清了原委，行人才恍然大悟，就把河名叫作“打老河”。事后，村上的人都感觉莫名其妙，就挖开泉水，原来是泉水下面长着一颗千年的首乌。首乌有养颜乌发、返老还童的功效。现在“大浪河”的名字可能就是广为流传的“打老河”的谐音。

大浪河自西北丘陵向东南平原流淌，最后汇入大沙河。一路走来，百十余里，曲折蜿蜒，高高低低，飞瀑流泉，风景秀美，水源丰富，流量充足。自古就有人倚河而居，吃水灌田，辛勤劳作，繁衍生息。

大浪河虽是一条不知名的小河，但据史书记载，在一千多年前的县志地图上就标有大浪河和河西岸的西肖楼村。在我们村东的河岸边，耕地时有几处发现古代人用过的陶器和陶器碎片。文物保护部门曾在这里挖掘考察，被列为县市级文物保护单位。这足以证明，大浪河历史悠久，两岸自古就是人类生活、劳作聚居的地方，是两岸及其周围地区物质文明和精神文明的发祥地。

大浪河是生我养我的母亲河，自幼伴随我成长。我记忆中的大浪河一年四季风景都美丽极了。

春天，我和小伙伴们沿河边看两岸盛开的桃花、杏花，掐垂下的柳条做柳笛，比赛着吹。河滩的茅草都发了芽，我们就在河滩上抽茅芽吃。抽得多了，还带到家里让父母、姐弟们吃；再多了，就和伙伴一起到城里集上卖，能卖一角两角钱回来，交给父母去称盐，心里真有说不出的高兴。

夏天，大浪河水清澈见底，有时汹涌澎湃，河滩两边的柳树婆娑多姿，柳浪如烟，低垂的柳丝漂在水面上，和鱼儿说着悄悄话。

柳树的红色根须，裸露在水里，盘根错节，就像两排耀眼的红珊瑚。河底翠绿的水草密密麻麻，一丈多长的绿秧，顺水飘动。成群的鱼儿在水草上面游，品种多样，花花绿绿，形形色色，真像绚丽多彩的海底世界。

成群的鸟儿飞过来，在柳树上盘旋，落在树上婉转地叫。无数只蜻蜓在河面上飞舞。

那时河上有一座三个拱洞、横跨东西的锦绣石桥，完全用青石板砌成，相当牢固，是当时行人和所有车辆过河的通道。夏季涨了洪水，大水就漫桥而过，洪水过后，小桥基本岿然不动，即使有所毁坏，也只需稍加修理。

小石桥上下水流很急，清澈不深。夏天便成了我和小朋友们嬉戏洗澡的好地方。我们坐在北边的桥孔，借流水的力量，很快把我们冲到桥南，这样反复嬉戏，直到累了，就去逮鱼，摸螃蟹。那时的自然生态环境好极了，柳树根处的鱼儿成队，马虾成群，小蝌蚪一窝窝，黑压压一片。

然后，我们就到河滩上玩耍。河滩上的沙子很细、很白、很柔软，我们就躺下晒太阳，晒热了就起来，在河滩上捡鹅卵石。沙滩上的鹅卵石大大小小，五颜六色，光洁闪亮，玲珑剔透，不知他们都从哪些山中奔流而下，到这里汇聚成五彩缤纷。那大的鹅卵石就像几个大麦垛立在河滩上，有一个就立在距我们不远的河水潭涡的水中央，石头顶上站着几只水鸟，还趴着几只甲鱼在晒太阳。

河滩上占面积大的是片片绿洲，长着茂盛的杂草，杂草间盛开着细碎的、小巧玲珑、多姿多彩的小花朵，娇艳得能和公园里的月菊、牡丹相媲美。放眼望去，河滩的绿洲上还长着一丛丛芦苇和片片的水红花，随风摇曳，荡漾着层层绿色、红色的波浪。

夏天河水充足、河道宽阔，从上游游过来的鱼群也多，常常有鱼鹰船来捕鱼，我们常追着看。鱼鹰船上站着七八个鸬鹚，渔夫划着船，鸬鹚辛勤地轮番下水，常常叼出几斤重的大鱼来。

平时的大浪河静静地流淌，像朴实、勤劳、温柔、善良的农家女，但她也有愤怒、暴躁不羁的时候。每年夏季，狂风暴雨过后，大浪河就会涨洪水。小时候，我就常跟着大人到河边看洪水。从上游滚滚而来浑浊的大水，携带着大量的泥沙、石块，甚至还有连根拔起的树木、房梁、家具、大木箱等，轰轰隆隆，排山倒海，震天动地，骇浪像一头凶狂的野兽撞击着两岸。

多少人在岸上看着叹息，不知上游村庄遭受了多大灾害。村上的年轻人曾多次在发洪水时救出过从上游抱着木板、树木顺水漂流的灾民。这里流传着一个抱着木箱的姑娘和一个救出她的小伙喜结良缘的故事。

大浪河每年的洪水是来得快，去得也快。当雨过天晴，洪水常在半天或一天内消退，又恢复原来的位置和清澈的水流。但有时也发生沧桑的变化。有一次我发现，原来靠西岸流水的河道淤平了，沿途的潭窝也淤平了，而河道流水硬是靠了东岸，河水沿途又形成了新的潭窝。在庙坡脚下，就形成上、中、下三个潭窝，深不见底，神秘莫测，让人望而生畏，人们就将它们称为“龙潭”。

秋天的大浪河水，清澈得就像明镜一般，映着蓝天、白云、飞鸟，夜晚映着月亮、星星。

后来，我进城上了中学，星期天我有几个家住县城的同学常喜欢跟我到乡下玩。那时生活很艰苦，晚上我们铺个烂席，住在当门地下；有时面也没有，我们就吃清水煮红薯，到地里挖野菜、摘红薯叶当菜吃，但是大家都很快乐。我们到大浪河河滩上玩耍，坐在斑茅丛边学习。两边河岸上长满了一丛丛、一片片金黄的野菊花，中间还夹杂着丛丛荆棘，挂着熟透的一串串红酸枣。学习累了，我们就去摘酸枣吃。去采摘野菊花的花蕾回去做凉茶喝，采摘野菊花的花和叶回去做凉枕，清热祛头风、治疗高血压。

冬天下雪，我们会去大浪河看雪景，看两岸被大雪扑打着的生态小茅屋，看河边有人不惧寒冷，披着蓑衣独钓寒江雪。

整个中学时代，我从未出过远门，没见过大江或大河，认为家乡的大浪河就是我心中最大、最长、最美的河。站在大浪河边，常遐想大浪河水是从天上银河流下来的，不然怎么会这么清、这么白、这么亮。

今天我已步入老年，孝顺的儿女们，趁我和老伴身体还好，安排我们出去旅游，在国内游，还出国门旅游。我见过辽阔壮观的长江、黄河，见过风景甲天下的丽江，凤凰城中的沱江，海南的万泉河。见过浩瀚无际的太平洋，波涛汹涌的大西洋、印度洋，闪着耀眼波光的地中海。不论我走到哪里，家乡的大浪河水始终在我的心灵深处流淌，总感觉我看到的所有大江、大海的浪花里，都有大浪河水的波光。

最近几年，我常在郑州居住，但大浪河水经常流在我的心里，流在我的梦里。我每次回来，都会到大浪河边散步，遐想。今天我又独自一人在晚秋的大浪河边徜徉。

时过境迁，昔日锦绣的石桥不见了；河滩上苍苍茫茫的芦苇，随风摇曳的水红花早已枯萎；河滩上翠绿茂盛的杂草，仅剩即将枯萎的茅草和旺旺狗草在风中摇头，显得寂寞与荒凉。河道一年年在变窄，流水愈来愈少，现在看去仅剩盈盈一水，好像山间的一条小溪，失去了激情，没有了喜怒哀乐，无声无息地在枯草间慢慢流淌。

时光如水，匆匆流逝。回忆少年时的生活，如在昨日，如在梦中，几十年的岁月，弹指一挥间，不知不觉在蹉跎中度过。当年在这里一起嬉戏玩耍的小伙伴都已白发苍苍，老态龙钟。中学时代曾和我一起学习、玩耍的同学，都已步入老年，且工作生活在遥远的天南地北，真是“别时容易见时难”。今天我一个人来到大浪河边，来回踱步，看着河水，难免触景生情，心里有很多难以说出的惆怅和忧伤。

忽然听见有雁鸣声声，我抬头仰望，从北边天空飞来十余只大雁，排成一行，向南飞翔，后面还跟着几朵白云。

常说，从北向南飞的大雁带着思念，从南向北飞的大雁带着春天。

我想起中学时代星期天常陪我到大浪河边学习、玩耍的两个同学，一个在广州，一个在柳州，都是已退休的高级工程师，虽然我们有经常的电话联系，但也有三四年没有见面了。

我分别给他们打了电话，致以问候，并说明我今天打电话的位置在家乡的大浪河边。

他们都高兴地回答我，表达了对家乡和大浪河的怀念，羡慕我真幸福，能经常在家乡、在大浪河身边，并共同祝愿家乡越来越美好，大浪河青春永驻，源远流长。

是啊，我相信家乡和大浪河的明天会越来越美好。

（2017 年 5 月发表在《尧神》）

村东头那棵皂角树

老家西肖楼，距东寨墙不远处，老史家大门外，有一棵大皂角树。史爷爷说，这棵树是他爷爷种下的，已有百年以上的树龄了。树干足有水桶粗，虬枝横斜，裸露的根隆起盘踞在地面上，活像一团大蟒蛇。

皂角树虽说上了年纪，但依旧青春焕发。每到春天，便萌发出一树油绿的新叶，绽放一树繁星一样闪烁美丽的小白花。盛夏来临，皂角树茂盛的枝叶，就像一把撑开的巨型绿色大伞，浓荫匝地。翠绿的皂角也慢慢长大，像无数把绿色的尖刀，密密麻麻挂满枝条，在风中荡悠。

记得儿时村中的小伙伴们，最爱到皂角树下玩耍打闹。皂角树像一位慈祥的老奶奶，从不因为我们打扰了她的安宁而发火生气，反而为我们遮阳挡雨，百般呵护。每逢炎夏，酷暑难耐，晚饭后，大人们有的拎张芦席片，有的掂把小靠椅或是个小马扎，在赤肚娃娃们簇拥和兴奋的尖叫声中，争先恐后朝老皂角树下涌去……破凉席上一躺，在老祖母大蒲扇的挥动下，一边透过叶隙看星星对我眨眼睛，一边听邻家姥姥讲述古老的传说（老家谓之“说瞎话儿”），真是惬意无比啊。

秋凉了，皂角也开始变老变硬了，在风里大幅度摇摆，互相撞击，发出清脆悦耳的响声。这个时候，我和小伙伴们，还有几个年岁相仿的小姑娘，会不约而同地来到皂角树下，一边玩耍，一边捡拾寒风摇落的皂角，有一只皂角落下来，大伙都会慌着抢，抢到的皂角拿回去洗衣服，或是给姐姐、母亲洗头发。那时肥皂、香皂稀缺，即便有，乡下人家一般也买不起。

史家是皂角树的主人，皂角自然也归史家所有。史家爷爷奶奶见邻家孩子捡皂角却从不生气，还总是满面笑容。记得一次我说饥啦，史奶奶还领我到她家，从锅底洞里掏出一块热腾腾的烧红薯给我吃。那时候的乡下邻里间仍不失温良敦厚。

史爷家有个闺女，小名叫英，比我大四五岁的样子，个子比我要高出一头，论辈分该叫她姑姑。但在我的印象里，她可不是个善茬儿，每次出门来都黑丧着脸，凶巴巴地赶我们走，还把我们已经捡到手的皂角强行夺走。

小时候，母亲做得一手好针线活，我穿的衣服都是母亲一针一线缝制的。一年秋天，我母亲用外婆织的白布，从集市上包来黑膏子染过，亲手剪裁，给我做了一件小大衣，腰右边还系上一根腰带，我穿上出去玩，小朋友们都眼气得不得了，夸我大衣好看、洋气。但大衣的腰带却给我带来了麻烦。几次刚与小伙伴们聚到树下，要拾落在地上的皂角时，史英总是突然出现，小伙伴们望风而逃，我因为大衣腰带如同把手的缘故，很容易就被她逮住了。

俗话说“不是一样人，不进一家门”。但这史家就怪，分明是一家门，却走出了两样人！

等树上的皂角都干了，主家就用一根长长的竹竿绑个钩儿，把皂角钩下来。但树高总有钩不着的皂角留梢头。小伙伴们都不来了。但一遇刮风天，我总会一个人坐在皂角树下，眼巴巴地仰着脑袋，期待着皂角树的怜悯与恩赐。

我就近在五里堡小学读完一年级，母亲领着我住到城东关我外婆家，开始在天爷庙城关乡小学读二年级。

以后星期天或假期，母亲总会领着我回西肖楼住到我大伯家。我大伯的子女多，三个姐姐、一个哥哥、三个妹妹，他们都待我很好。大哥领我到庙坡、大浪河河滩玩耍，姐姐、妹妹们领我到田里挖野菜、摘红薯叶，生活虽穷但很快乐。我还常会到村东头看看那棵老皂角树，像看望我心中的一位饱经沧桑的慈祥老人。

我一生历尽坎坷，十几年后成了家。我重回老家西肖楼时，发现故园面貌依旧，老一代的人，如我惦念的史爷爷、史奶奶，都还在，这让我颇感欣慰。而我痛心的是老皂角树在 1958 年“全民大炼钢铁”运动中被伐掉，投进了小高炉，化作一缕轻烟。

最近看见演员孙俪做的一个广告，其在广告中言之凿凿地标榜该品牌为“纯天然皂粉”。我蓦然就联想起老家村东头那棵百年皂角树来了，那棵树堪称故园地标，至今在我怀乡的梦境里，依然枝叶婆娑、亭亭如盖的老皂角树啊！每想至此，不禁悲从中来……

（2019 年 1 月发表在《河南思客》）

老街上那眼辘轳井

小时候我常住在外婆家。外婆家位于城东关南门里一条三百米左右的南北巷子里，出外婆家大门往北约百米，就是东西走向的东大街，街巷交汇的丁字口东南角有一眼辘轳井，井台有两间屋子的面积大，一人高，两级台阶用青石条砌成。井口直径一米五左右，深约四丈许，井壁用青砖砌成，湿漉漉的井壁上长满厚厚的青苔、水荷叶。夏天水荷叶开着密密麻麻青白色的小花，还有不知名的小红花点缀其间，水井幽深、古朴而美丽。

这眼井的地下泉眼很旺，井水清凉甘甜。听老年人说，即便遭遇像1942年那样百年一遇的大旱，都没有干涸过。靠井台东边垒有一道青石墙，墙中间有个小神龛，供奉着龙王爷的神像，每天都有人前来磕头上香，担水的人更是晨昏相继，络绎不绝。繁忙时，挑水的人得在井台上下排队，辘轳绞桶水上下的响声直到夜深方息，可第二天鸡叫头遍，井边又开始忙碌热闹起来。盛夏酷暑，往来行人驻足讨水喝，担水的人都会热情相待，不怕麻烦。麦秋两季，地里干活或扬场放磙，为清暑解渴，“井冰凉”

水都从这里挑。那时，这眼井里的水特干净，没听谁说过喝了肚疼腹泻的。

更深人静的春夏之夜，住在井边的人家能听见井里的蛙鸣，一唱一和，此呼彼应，悦耳动听。有人水桶里打上来过青蛙，想顺便把它从逼仄的井底解救出来，岂料这被“解放者”并不领情，稍停片刻，就会跳上井台，又跳回到井里去，真的是故宅难舍啊！

隔个一年两载要淘一次井，把井底的淤泥及落入的杂物清理干净，以防挡死泉眼和井水变质。

来井上担水的大多数为年轻人。井绳一圈一圈往下放嫌慢，就用手扶住辘轳，让辘轳绳连水桶飞转下去，叫“放野辘轳”。辘轳绳的一头系个铁钩，钩住桶鋬，有经验的人，水桶刚一触到水面，只需轻轻一摆，就会打满一桶水。我舅不在家时，要用水，我母亲或外婆就只能用小桶或陶罐掂，打水时须带上一段细麻绳，把桶鋬和井绳上的铁钩绑在一起，以免小桶或陶罐滑落进井里。尽管这样，还是会有人不小心把桶掉进井里。隔三差五会有专业人士用一根长竹竿绑几个铁钩子，蹲在井边打捞水桶等遗落物，叫“捞诓”。有失主人来认领的，随便付给“捞诓”人一点报酬，若是无主之物，捞诓人可以带走变卖。

等我大点儿以后，也常提个小桶到井上去掂水，像母亲那样，用根小麻绳将桶鋬跟井绳一端的铁钩系牢，小桶从没掉进井里过。我住在外婆家的多年时间里，记得无论大人小孩，从没发生过大的安全事故，都说是多亏了龙王爷的护佑。

在老井的位置上，如今盖起了临街的一座两屋楼房，我问过房主，他说井还在，只是井口上横跨两块原来井台上的青石条，房子就盖在上面，地基很结实。

这倒让我担心起井底蛙那一家人的命运来。它们还在吗?，如果还在，那该是一种什么样的生活呢？密不透风、与世隔绝的居所无异于囚牢，以及永无尽头的黑暗，黑暗……啊，连呼吸清新空气的权利、坐井观天的自由也都一并被剥夺殆尽，而我们人类却在尽情独享着上帝赋予天地万物之灵的海阔天空、繁花似锦、阳光明媚……

（2019 年 5 月发表在《河南思客》）

上庙坡拾地曲莲

小时候，一场春雨过后，母亲就会带我到庙坡去拾地曲莲。

庙坡是自西北方逶迤而来的一道丘陵岗子的尾端，在我家西肖楼村北，隔大浪河相望。

顾名思义。海拔不高的庙坡，建有东西两座大庙，一供祖师、一奉城隍，香火鼎盛，香客如云。下临大浪河清流如带，上、中、下三“龙潭”幽深神秘莫测，山灵水秀，是当地有名的圣地。

地曲莲就是一种状似木耳的菌类，雨后迅速长出来，日头一出来又很快消失不见，所以拾地曲莲要及时。困难时期靠野菜充饥，如今地曲莲成了难得品尝的美味。城里人自驾游，在农家乐最常点的一道菜就是地曲莲炒鸡蛋，那个鲜呀……我八岁那年的春末，刚下过一场透雨，母亲挎着一只三号竹篮，领我去庙坡岭上拾地曲莲。村里村外全是土路，雨后泥泞难行。出了南寨门，穿过一片庄稼地，走上一条出县城往东的沙土大路，铁轱辘牛车在路面留下两道深深的辙印。长久碾压，路面凹陷，路两边成了一人多深的峡谷一样的陡岸，人们称之为“大路沟”，人和车都在沟里走。

走过这条沙土路，我跟着母亲一脚深一脚浅地走到大浪河边，脱去“木底儿”（鞋），母亲扯着我走过漫水的小石桥，沿着河东紧靠河岸的蜿蜒小路往北走，经石灰窑村西头，朝北再走一段二里左右荒草萋萋的蜿蜒小路，就到了庙坡的东坡头。那天到坡上拾地曲莲的人很多，大一点的已经被人捡走了，剩下多是指甲盖大小的。

临近中午，拾到的地曲莲还不到半篮。母亲在几座坟头间顺手薅一些很嫩的野红萝卜缨子和荠菜，然后领着我顺原路回家。到家后，母亲把地曲莲反复淘洗干净，掺和野红萝卜缨子、荠菜一块炒过，给东屋的袁四母和上屋的李奶奶各端一碗尝尝鲜，剩下的，用薄薄的玉米面包皮烙饼卷着吃，好吃得很。

两天后的一个上午，东院大母喊母亲帮她磨面，只留我一个人在家，就鬼使神差般冒生出了去拾地曲莲的念头。于是挎上那只三号篮，关上门出来，想喊同村的两个小伙伴一块去，可人家都不去，我竟独自一人壮着胆子前往。也怪，那天一反常态，坡上竟看不到一个人。

我登上东坡头，在白草丛里找寻。也许是昨天没下雨，前天的地曲莲又都被拾净了，剩下的已萎缩不见，我从东坡慢慢捡拾到西坡，已经快到西庙门，看看篮里的地曲莲也不过两把，又突然发现我带的“木底儿”（鞋）不见了，虽是一双小“木底儿”，但对我这个穷孩子来说，那是何等珍贵，生怕回去母亲责怪我，当时急得哭了，赶紧顺原路往回找，没多久，就在我坐过的那块大石头旁边找到了它。此刻，看到我眼前的庙坡是多么的美丽呀。一群小鸟在坡地上空飞翔，快乐地鸣叫，一会儿又落在小路上、石头上蹦跳嬉戏。草丛间的朵朵野花已开始绽放，散发着馨香。仰望蓝天白云，坡下的大浪河闪着波光。心情如雨后放晴的天空，说不出是多么的美好和惬意。

这时，我突然听到母亲扯长嗓子喊我乳名的声音，一定是母亲回家不见我，心里正着急呐！我赶紧挎起篮子，一边连声答应着，一边迎着母亲跑去。在下坡的路口遇见了母亲，她满眼含泪，用手狠狠打了我屁股两巴掌，我哭了，她也哭。母亲接过篮子，让我在前她在后，慢慢往坡下走。路上我几次扭过头来，看见母亲一直在落泪。过了石灰窑，有一段河岸陡滑，水深流急，若不小心一脚滑落，后果不堪设想。母亲紧紧扯着我的小手，用身子护着我，走过这段有惊无险的河边路。此时我才明白母亲担惊受怕的原因，后悔愧疚极了。

到家后，母亲还一直在落泪，这件事对我触动很大。小小年纪，也知道我在母亲心里占有的分量。我三岁时父亲病故，母亲形单影只，艰难度日，我就成了她唯一的希望，就是她的命根子！从那以后，我都能谨遵母训，温顺听话，有什么事，或到哪里去，都不忘给母亲说一声，以免她老人家担惊受怕，萦记牵挂。

（2019 年 3 月发表在《河南思客》）

一件往事

1978年夏天，我家在鲁山县西肖楼的住房年久失修，裸露的北山墙出现裂缝，房顶漏水，亟需修缮。我们一家不得不暂时搬到村东的新陈楼去，借住在亲戚家的三间草房里。

陈楼村原在西肖楼村西里把路，因临近的一个“三线”厂——“达昌机械厂”扩建占地，全村搬迁到西肖楼东边几百米的地方，所以叫它新陈楼，大浪河从西北方向蜿蜒而来，流经庙坡西南角到小河张村两公里多的这段河道，改由从北往南流。新陈楼就坐落在这濒临大浪河西岸的河湾里，是个不足五十户人家的小村庄。

新陈楼地势较高，淘井打不出泉眼来，全村人只能共用靠河边的一眼井吃水。但这井却与众不同：村南河岸高且陡，村北河岸则呈斜坡状，有一条下坡通向河边的小路，村上人就在河边挖了一眼一丈多深的井，用砖圈起来，井水实际是河水渗透进来的，而非泉水，井水和河水总处在一个水平面上，井水和河水总是浑然一色。每逢大雨，或上游山洪暴发，河水猛涨，泥沙俱下，井水河水一派浑黄，担回去倒在缸里须放点明矾澄一澄才能吃。就是这样的“井水”村里人竟然一吃就是二十年，直到后来县水利局帮助村里打了一眼深水井，安了潜水泵，修了储水塔，村上人才用上了洁净的自来水。

农历七月里的一天，是个星期天，头天下午我刚从离家二十五公里的公社卫生院骑自行车回来，上午去了张南庄看我舅，中午谢绝舅和妗子的挽留，赶回来吃午饭。当时我在卫生院当医生，医院事多人少，总忙不过来，就急着要赶回去。可是这里刚下过一场大雨，天气闷热，爱人让我歇会儿再走。我就在当门地下铺了一张席片躺下，但思绪烦乱老睡不着，就起来想到河边走走看看，顺手抄起靠在门后的钩担和水桶，想就便捎一挑水回来。

河水流过上述水井所在的位置，往下十余米就是原有的三孔小石桥，此处河道变窄，水深流急，小石桥的几孔桥眼都已淹没在水下。再往下几米远处，就是新修的三孔公路石桥，过大桥几米远的左侧，有处一丈多的深水区，乡人俗称之为“潭窝”，漩涡隐现，险恶异常。当我走到大浪河岸边，只见水井上游几米远处，河道的中央，好像两个小孩在浪中沉浮，当时我想自己不会凫水，下河去救肯定有危险，但环顾四周，空旷无一人，如回村喊人来救，恐怕一切都晚了，我不能见死不救！

我不再犹豫，立即扔下钩担水桶，甩掉鞋子，顾不得脱下衣裤就跳进河里，河边水深已过腰，我迎着水流侧着身子，用两手拨水保持平衡，慢慢往她俩身边靠近。当时也不知哪来的那一股子勇气，一心只想救人，其他都顾不得了。河水已漫过我的胸部淹到下巴颏了，激流的冲击让人站立不稳，几乎随时都会倒下。我竭力保持镇静，使出浑身解数，让自己在水中站稳脚跟，大声对她们喊话，朝我身边来，不要搂腰抱腿，拉住我的手……她俩当时还在沉浮中呛水，什么也说不出来，但好像听到了我的话，彼此接近着……感谢上天的护佑，我们三人的手终于握在一起，最后安全地到了河边，上了岸。她俩直淌眼泪，但没哭出声，不知是因为后怕还是出于感恩。此刻周遭一片寂静，茫茫天地间仿佛只有我们三个人，只见一派黄水流向天际，偶有几只水鸟掠过水面……原来这俩小妮，一个叫淑利，一个叫艳慧，十岁左右，论辈分，她俩的父母我称叔婶，她们该叫我哥的。

我挑着一担水回家去，爱人问我为什么浑身湿透，我只简单回答她："淑利、艳慧掉河里了，我下去拉她们一把。"她笑了笑，没再往下问。

前不久，我回鲁山时又巧遇淑利，除了再次感恩，还听她讲述了事情的前因。她说头天上午下了大雨，可能上游也下了大雨，河里涨水了，经过一夜大水退去，可比平时还是大得多。那天中午天气闷热，她硬拉着艳慧要下河洗澡，可到了河边，看着比平时大得多的河水，就怕了，谁也不敢跳，你让我先跳，我让你先跳，互相推让，结果是艳慧半开玩笑地推了淑利一把，淑利随手又扯住了艳慧，两个人同时跳进河里，恰好跳在河边一个发水后形成的深坑里，脚根本挨不到底，头埋进水里，一口一口地呛水，万幸两人借着流水的力量，竟扒出水坑，往下游漂到了河中心。

这就是生命的奇迹。像淑利说的，人各有命啊。

（2019 年 7 月发表在《河南思客》）

重阳节登鲁山坡

农历九月初九，是中国传统的重阳节。这天秋高气爽，艳阳高照，我和老伴吃过早饭，趁这晴好天气，喜气洋洋前往鲁山坡登高游览。鲁山坡又名露山坡、露峰山，位于鲁山县城东九公里处，于开阔平原上，一峰突起，挺拔独秀，鲁山县即因此山而得名。宋代以末，骚客文人歌咏鲁山坡的诗篇甚多，且听明代诗人蒋希周的赞叹："平原突起一青峦，对峙郊东壮鲁观。峭拔长空连众岳，秀通远汉俯尘寰。瑞云渺渺仙居远，幽涧潺潺水鸟欢。飞步一登咨顾望，乾坤只在两眸间。"每年重阳这天，登高观光烧香拜佛的人群熙来攘往，摩肩接踵。坡的北、西两面稍平缓，东、南两面较陡峭。231省道从山北麓的佛岭村边经过。几年前，县公路局从佛岭村起始，修建一条混凝土盘山路蜿蜒至山顶，轿车、摩托、电动车、自行车皆可经此登山。另有一条小路，从山西麓的曲店村开始上山，这条山间小路只能容自行车、摩托车通行。每逢重阳，走这条路登山的人也络绎不绝。我家住城东八里新华村，离曲店只有三里远，我和老伴每年都是经由曲店徒步登山的。与这条小路并行的是一条山涧小溪，名曰九女潭沟。碧水长流，清澈见底，顺山势而下向西注入大浪河。小路两边尽是葱葱郁郁的酸枣树和齐腰深的艾蒿。酸枣枝头果实累累，或青或红，成串成簇，颗粒如珠，诱人垂涎。艾蒿散发着略带微苦的清香，蒿丛里不时传来秋虫的鸣唱，分外动人。我和老伴心情愉悦，边走边聊，不觉已经走了五里多，来到了九姑娘庙。前来焚香的香客将庙堂挤得满满当当，人声鼎沸，烟雾缭绕。庙宇坐北向南，两座殿堂，上殿供奉玉帝和王母，塑像器宇轩昂，慈眉善目；下殿供着他们的九个女儿，个个天生丽质，秀美端庄。着七彩裙，披霓羽裳，或捧笙吹箫，或抚琴鼓瑟，妙舞仙姿，楚楚动人。来此祭拜者众多。焚过香我俩沿小路继续往上走，跨过一座新修的混凝土小桥，来到九女潭——巨大的石板上一个深深的凹坑，叫莲花池。相传很久以前，池水清幽，盛夏野莲竞放，花香四溢，沁人心脾，遗憾的是此景今已不再，空余碧水一潭。传说玉帝九女曾下凡在此沐浴，故名九女潭。潭长宽各约四米许，深过三米，四周壁立陡峭，天设地造，鬼斧神工。水从潭上石板漫流而下，形成一道小瀑布，叮咚作响，如美妙琴音。潭水清澈，如一面宝镜，昼映蓝天白云，夜照满天星辰，映照悠悠岁月人间沧桑。九女潭边松杨杂植，山花烂漫……潭的南边，有一相邻的泉眼，清水常年翻涌，从不断流枯竭。“山不在高，有仙则名；水不在深，有龙则灵。”这里就是我国民间牛郎织女神话爱情故事牛的诞生地，被文化部命名为牛郎织女文化之乡。传说很久以前，玉皇大帝的九个女儿，难耐天宫寂寞，常在风清明月之夜，背着玉帝王母，驾祥云到鲁山坡前的莲花池洗浴嬉戏，直到黎明才乘风归去。鲁山坡西南的山脚下，住着一户孙姓人家，父母双亡，兄弟俩相依为命。哥名守仁，弟名守义，乳名小义，哥哥忙时种地，闲时做些货郎小买卖。小义割草、打柴、喂一头老黄牛，人称牛郎。后哥哥成家，妻蔡氏生性刁蛮，阴险狠毒，常背着丈夫虐待小义。甚至为独霸产业，几次对小义下毒手，幸得神牛相助而化险为夷。一日夜深人静，老黄牛竟然开口讲话，对小义说："牛郎，你也不小了，该成个家了。玉帝的九姑娘织女，温柔善良，心灵手巧，因与牵牛星相恋，惹恼了玉帝王母，把牵牛星打下凡间受苦。你就是那个被贬的牵牛星，织女见你在凡间受苦受难，心疼不已，朝思暮想，渴望与你相会。农历八月十五之夜，明月如盘，清辉如水。玉帝的九个女儿，又翩然驾临莲花池洗浴。至五更更鼓作响，八个姑娘驾云飞回天宫。九姑娘故意磨蹭落在最后，由土地爷、奶奶牵红线，做月老，安排牛郎和织女在南坡半山腰的牛郎洞里成了亲。婚后夫妻恩爱，相敬如宾。男耕女织，其乐融融。转眼已过几年，她和牛郎生下一双儿女，聪明伶俐，渐渐长大，但好景不长。一天夜里，乌云遮月，山风凄厉。老黄牛死前突然对小义说："牛郎啊，我要归天了。我死后，你把我的皮剥下来，做双靴子，哪天玉帝王母要召回织女，你就披上我的皮，穿上牛皮靴，上天庭追赶。"言毕老黄牛真的死了。果然就在那一年的七月初七夜里，待牛郎和儿女睡下，织女独自一人来院中徘徊。突然，乌云遮天，随着几声沉重的闷雷，天兵天将降临院中，强行把织女带走。酣睡中的牛郎被院中的响动惊醒，急忙起身，早已不见织女的踪影，知道不幸的事情终于发生。于是，他赶紧披上牛皮，穿上牛靴，用两只罗筐挑上一双儿女，腾云驾雾往天庭追赶。直追到南天门前，眼看就要追上，却被天兵天将拦住。此时，王母娘娘不顾亲人们撕心裂肺的哭喊，硬是拔下头上的金簪用力一划，划出一道洪水滔滔的天河，横在中间，把织女、牛郎和一双儿女隔在天河两岸。如今，你看银河西边那一颗大星就是织女星，银河东边闪烁明亮的大星即是牛郎星，旁边的两颗小星分别是他的一双儿女，他们一家人这样只能隔着幽幽天河，永远痴情地相守相望……牛郎织女的爱情故事广为传诵，家喻户晓，感动着一代又一代的人们。最后连王母娘娘心也软了，每年七月初七日的晚上，命天下喜鹊飞来，在天河上搭起一座鹊桥，让牛郎织女一家在鹊桥上相会。一家人抱头痛哭的情景，谁能不为之唏嘘落泪！说也奇怪，七月初七这天入夜，鲁山坡周围总要下雨。所以，至今有民谚流传："年年七月七，牛郎会织女。"

过九女潭上行约一公里，就到了龙潭沟的发源地，俗话说："山高水高。"几股清冽的山泉汇成一道小溪。南侧是虎涧发源地，秋冬枯水季节清澈见底，可到了多雨的夏季，一旦山洪爆发，便波涛汹涌，吼声震天，颇有"惊涛拍岸，卷起千堆雪"的壮观气势。这里的每一处山水，每一片林木形成的自然景观，都可以让人领略自然造化的神奇。接近正午时分，我们登上了峰顶。山顶上人山人海，仿佛置身碧海上的一艘大船，正于呼啸的山风和飘移的云影中扬帆远航。这里有一座建于北宋徽宗年间的道观，因峰顶经常有祥云缭绕，故名“瑞云观”，观内古塔毁而复建，为十三层砖木结构，名曰“元武塔”。大殿坐北朝南，分上下两层，黄墙绿瓦，雕梁画栋，飞檐风铃，蔚然壮观。一楼为牛郎织女圣殿，祭祀着牛郎织女神像。右侧塑有牛郎织女全家福。背景墙上，映入眼帘的是蓝天白云，绿水青山，竹林瓦舍，绿树鲜花，扶犁荷锄，牛羊满山的画面，充分体现了天上人间，人与自然的和谐统一。大殿二楼，供奉三尊神像，中为玉皇大帝；右侧是魁斗星君，左侧是蜀汉名将。我赞赏雕塑艺术家的奇思妙想，精心设计。在经济社会发展的今天，一些人受名利、物欲驱使，滋生了拜金主义，为人处事与中国的传统文化的“仁、义、礼、智、信”相悖而行。这里让生死刘关张、桃园三结义中的关羽和玉皇大帝并坐，就是为了弘扬中华民族五伦、五常的传统美德，引导人们学习大仁大义的关公精神。在提倡尊师重教，崇尚科学知识，尊重人才的今天，安排魁星爷和玉皇大帝并坐，着实体现了艺术家的与时俱进，颇具匠心。庙门匾额上题“瑞云观”三个斗大金字。伫立门外一处山顶平台之上极目四望，这金秋的鲁山坡，漫山红遍层林尽染的美景着实令人陶醉。回忆中学时代，我们十几个同窗好友重阳节曾在此登高远眺，望天边的白云，望绿水青山，望翱翔的飞鸟，望结队南归的大雁……畅谈理想，展望未来，而今天则各天一方，真是别时容易见时难。“青山依旧在，几度夕阳红”。我想，今天我的同学朋友们，在不同的登高处，也会有“遥想兄弟登高处，遍插茱萸少一人”的感慨吧。屈指算来，中学毕业至今已五十年了。如今，我们都已鬓发苍白，步入老年，余下的光阴值得倍加珍惜，却不知相聚在哪天。“月有阴晴圆缺，人有悲欢离合，此事古难全，但愿人长久，千里共婵娟。”祈愿我的同窗好友及所有的亲人们，都能够花朝月夜常相见。

天色近晚，飞鸟纷纷归巢，我和老伴虽然游兴未尽，也只好随游客一路缓步下山。

（2015 年 8 月发表在《尧神》）

西肖楼乡村剧团

老家西肖楼，解放初期成立过一个乡村剧团。西肖楼虽小，但历史悠久，有丰厚的历史文化积淀，可惜没有人记录过。时光荏苒，岁月无情，老一代的人相继辞世，当年的演员也亦陆续离去，对于村剧团成立的经过，现在已经没有人能说得很清楚。我这里写下的只是童年的记忆和当年老人们的描述。

刚解放时，西肖楼有寨墙和寨门，比较安全。地理位置适中，又邻公路，村里刘家财主的车门大院，房屋高大齐整，曾是鲁山县二区政府所在地。区政府下派到西肖楼村的一个工作员叫段杰臣，有文化，懂戏曲。他了解村上几个年轻人爱唱曲剧，素质又好，就着手在西肖楼村成立了一个有十几个人的乡村曲剧团。段杰臣这人多才多艺，能编能导又能演，还聘了个师傅指导排练，演员们聪明伶俐，接受能力强，很快就排练出一出现代戏“王贵与李香香”，在西肖楼村上演。

戏台选在村东头，紧靠东寨墙，是村上人用土堆起的一个土台子，三面用石头包一包。台子南边紧邻辘轳井和大坑沿，北边是史家大院的围墙和一棵百年老皂角树，西边是长方形的广场，能容纳一千多人。

《王贵与李香香》演出的时间是正月十五元宵节的晚上。月亮又大又圆，明晃晃的月光照亮了乡间小路。四邻八乡来看戏的人很多，天不黑就黑压压挤满了戏台前的小广场，村上的很多小孩搬着板凳在戏场子里占位置，嘻嘻哈哈，热闹非凡。等开演的锣鼓响起，广场上人头攒动，几乎挤炸了场子。这场戏的演出效果特别好，段杰臣亲自饰演王贵，村姑小存姐扮演李香香，剧中人物个个形象生动，唱腔优美婉转，击鼓、敲锣、打板、拉弦儿的，更是摇头晃脑，神采飞扬。台上台下互动默契，热烈掌声此起彼伏。演出受到观众的一致好评，得到区政府的认可和表扬。

拉头把弦子的是石磙表哥。他没进过学堂，不识乐谱，全靠自学，无师自通。上庙坡或大浪河河滩上放羊，总是背着一把自制的弦子。羊儿悠闲地吃草，他就坐在石头上拉弦子，持之以恒，从不间断。功夫不负有心人，他十四岁就能登台熟练地伴奏了。每次演出开场前，他就用弦子模仿鸡鸣鸟啼、狗吠驴叫……博得台下一片喝彩。

剧团女主角是小存和小玲。她俩天资聪明、身材苗条、眉清目秀，十几岁就登台表演，演技娴熟，字正腔圆。一个演生角，一个兼演青衣花旦，又感情投入，精益求精，颇具专业水平，一出场就博得阵阵掌声。还有邻家套哥，演须生，老黑叔兼演老生丑角。段杰臣既是导演，又能反串多种角色。这班年轻人朝气蓬勃，生龙活虎，除了本村，还到附近村庄去演出。

那个时代没有电灯，连点燃酒精的汽灯也没有，要用油灯照明，点的是纯芝麻油。戏台的四根立柱上，绑着四盏大油灯，状如甲鱼，乡下人俗呼之为“鳖灯”。那“鳖灯”肚子很大，可装五六斤香油，布条儿拧成井绳一样粗的灯捻子，把台上台下照得一片明亮。

每年从农历正月初一到初六的下午和晚上，从正月十五到十九的下午和晚上，各有两场好戏。那时的西肖楼可真热闹风光，从早到晚，弦声悠扬，锣鼓铿锵。人们像赶庙会一样，从南寨门涌进西肖楼，会场上卖甘蔗、花生的，卖香烟、芝麻糖的，卖小吃、丸子汤、胡辣汤、豆腐汤、杂炣汤、油馍的，还有摆地摊卖日常杂货的。摆不下，就摆在村上空闲的角落里，或者摆在南寨门外的空地里。

那时村上也组织几个年轻人维持秩序。印象中，那时好像人都服从指挥，规规矩矩。看戏的场子上，老人小孩都搬个矮凳坐在中间，年轻人都自觉站在后面和周围，从没有争执吵闹打架斗殴的现象发生。

演《六月雪》这出戏，演到贪官错斩窦娥，天怒人怨，六月下起鹅毛大雪这一情节时（那“雪花”是从河滩上折取的芦花，从舞台上方纷纷撒下来，效果逼真，如同纷纷扬扬的大雪一样），会场上一片斥骂贪官的怒吼和同情窦娥的唏嘘声。老黑叔演坏人张驴儿，段杰臣演贪官，形象逼真，活灵活现。往下演到窦娥死后，夜里鬼魂给父亲托梦的那场戏更是催人泪下。当剧终娥父窦天章升堂问案，斩了张驴儿父子和贪官，剧情进入高潮，场子上爆发出一片雷鸣般的欢呼和掌声。俗话说“拿不住奸贼不刹戏”，大大满足了戏迷惩恶扬善、除暴安良的理想追求和对心灵的抚慰。

再往后还演过《天河记》。讲的是牛郎织女七夕鹊桥相会的故事。还有现代题材的《小二黑结婚》等，都曾引发轰动，大获成功。

后来，老黑叔参军，小玲、小存姐出嫁，石磙表哥被招入县曲剧团，仍拉头把弦，段杰臣调入县城工作……加上镇反、土改、抗美援朝一连串运动等原因，这乡村剧团也就停办了。

等我长大成人医专毕业，在县公疗医院当上了五官科的主治医师，真是“山不转水转，路不转人转”，当年的段杰臣也早已是县教育局局长。曾在西肖楼待过，当过指导员，还上台扮演过“小芹”一角的冯玉珍，也已担任县妇联主席……他俩还都到科室里来找我看过病，竟能一眼认出当年他们的这个小“粉丝”，并直呼我的乳名，让人倍感亲切。

我后来又回到老家西肖楼居住，常去村东头的辘轳井担水，东寨墙根的戏台遗址依稀还在，只是荒草萋萋，断砖残垣，人物皆非，一派萧索。我总会在此久久地伫立沉思。当年那悠扬的琴声，铿锵的锣鼓，似乎还在耳边萦绕，演员们那一张张鲜活的面容，表演的一招一式，也如隔雾看花般在眼前时隐时现……此时此刻，面对如此亦真亦幻的情与景，我不禁发出恍若隔世之叹，竟说不清是喜是悲，欣慰抑或怅然……

游尧山

五一小长假，起了个大早游尧山。蜿蜒的山道旁是一条湍急奔腾的小河。驻足望去，只见千山万壑，奇峰耸立，宛如走进一幅壮阔清丽的山水画卷，让人不能不感叹大自然的鬼斧神工以及尧山迷人的魅力。

尧山地处鲁山西陲，比邻南召，淮河水系的发源地。海拔千米以上的山地，峡谷纵横，怪石嶙峋，无数山泉从石缝间汩汩涌出，一条条清澈的溪流，穿林越涧，一路欢歌，奔下山去，涓涓细流汇成河川，以势不可阻挡的宏大气魄奔向浩渺的大海，作为淮河主要支流的沙河就是其中之一。

环顾四周，峰峦起伏，形态各异，千峰竞秀，各展风采。有的威武挺拔，如战神猛将；有的骨感婀娜，若玉女仙姬；亦有壁立千仞，活像倚天长剑，或是曲背翘首，酷似奔跑的驼群……

沿山道向上，飞瀑流泉如竖琴，在耳畔奏响；秀峰罗列似画屏，就近在眼前。不要去溜空中索道，也不要去坐悬崖缆车，凭毅力去攀登吧！去攀登那通天的一层层石阶，你会赏到更奇妙的风光，你的灵性能得到更高提升。

登上三百多个石阶，越过通天门，山地突然开阔，这里奇峰怪石林立，演绎着动人的神话传说。

史载，三千多年前尧帝的裔孙、刘氏始祖刘累在此山建尧祠祭祖，尧山因此而得名。传说在远古时候，尧山一带穷山恶水，土地瘠薄，十年九灾，山民们生活困苦，缺吃少喝。天界太白金星的一头白牛，偷偷下凡帮助山民们垦荒种禾。从此，风调雨顺，绿树成林，芳草如茵，六畜兴旺，五谷丰登。

白牛的善举却触怒了王母娘娘，她带领天兵天将要拿白牛问罪，一场恶战在此展开。白牛的朋友白龙、黑龙和蟾蜍都来为白牛助战。只战得沙石飞扬，地暗天昏。从清晨战到中午，从中午战到黄昏日落。白牛愤然纵身一跃，头朝西北，尾朝东南，化作八百里伏牛山，脊背变成最高峰尧山。这时天上收兵的金鼓敲响，慌张中王母娘娘将乘坐的花轿遗落山顶，天兵天将来不及升天化为三个“将军峰”，白牛的朋友白龙、黑龙、蟾蜍分别变成了白龙潭、黑龙潭、蛤蟆石，后人把白牛的神灵供奉在山顶的白牛城。

传说，一个月明星稀的夜晚，天空中再现了白牛、白龙、黑龙大战天兵天将的场景，喊杀声震天撼岳，直到金鸡报晓，星星隐去，鸟啼月落，三位“将军”得胜为止。将军峰顶挺拔的青松似金盔帽缨，峰腰的松柏恰似持刀横戈。白龙潭、黑龙潭水帘百丈，从悬崖绝壁一跃而下，水雾弥漫，声势浩大，恰似银河落九天，瀑布下方形成深不可测的潭窝。山下幽深的穴洞，有滔滔奔流的暗河涌出，据说这里就是龙宫的所在。

一路攀登，沿途还有“千丈岩”“一线瀑”“报晓峰”“一支腊”诸景点，顾名思义，皆以象形取名，惟妙惟肖，引人遐想，美不胜收……

沿磴道拾级而上，途中迎面一酷似人形的巨石巍然矗立，像一位恪尽职守的护山神灵，又像接待尧山访客的殷勤侍者，永远守候于此，寸步不离。乡人俗呼尧山为“石人山”，盖缘于此。

玉皇顶，尧山极顶，海拔两千一百五十三米，登顶四望，目极八荒，大有“一览众山小”之概。足踏云海，吐纳长风，您仿佛就在云中游，登临天宫玉皇殿。

登上玉皇顶的游人无不赞叹：尧山有泰山之雄，华山之险，峨眉之峻，黄山之秀，张家界之美。在这里，你能感应大山的灵魂，体验大山的禀性；你会虔诚感恩大自然的馈赠，抛却尘世烦恼，徜徉在物我两忘的精神世界。

黄昏下山，游兴未尽。“尧山归来不看山”。套句老话，结束此文。

（2014 年 11 月发表在《尧神》）

柞林听蝉

我在山里做地方病调查。时值六月的正午，热浪蒸腾，酷暑难耐，走在山坡柞木林间的蜿蜒小道上，却感觉不到一丝凉意。“蝉噪林愈静”，那是何等的诗意！而此时此刻，周遭震耳欲聋的蝉鸣，一波紧接一波，永无休止，单调、枯燥、喧嚣，让人如陷浊浪涡漩的中心，几近灭顶，难以超拔，郁闷窒息，意乱心烦……“知了，知了，知了……”

蝉儿呀，你“知了”什么呢？果真有“知”，用得着这般絮叨吗？

沉潜河底的卵石确知水有多深，深入泥土的根须确知地有多厚，空中漂浮的白云确知天有多高……但它们只有宁静自守，缄默无语。

人道寂寞难耐。而听无知者聒噪，比寂寞更难忍受！

（2013 年 7 月写于鲁山）

山中遇雪

天近黄昏，彤云密布，阴沉欲雪。因为下乡做地方病调查，晚上我就投宿一个乡村医生家所在的小山村。

早晨，我从梦中醒来，见窗户上有亮晃晃的白光，推开窗扉，呵，夜里不知什么时候下雪了。望窗外大雪纷飞，好一个玉树琼花、银装素裹的晶莹世界。

我欣喜地踱出门外，好大的一场雪啊！瑞雪兆丰年。这雪承载着农家对丰收的期盼和对美好生活的憧憬，如期而至，纷纷扬扬，铺天盖地。

这次我前来调查的这个村庄叫“晒衣山”。村名源自民间“王莽撵刘秀”的传说。说是一天刘秀行至此山，脱下汗湿淋淋的布衫正要搭在酸枣棵上晾晒，奇怪的是，像是怕刺破这位中兴之主的衣服，刹那间，这漫山遍野酸枣棵上的硌针都齐刷刷地向下弯去。从此，人们就称这座山为“晒衣山”，山下的这个村庄也因此山而得名。

晒衣山村前有条小河，秀美澄碧，村上人都从河里挑水吃。

长期以来，村上人大都患有一种俗称“瘿”的大脖子病（医学上叫甲状腺肿）。一些初生婴儿畸形矮小，发育迟缓，智力低下，医学上叫克汀病。经检查发现，此病原来是由于长期饮用缺乏微量元素碘的水所致。欲根治此病，须从海带等富含碘元素的物质中摄取补充。从前山村闭塞，生活贫困，吃海带形同白日说梦，这就造成了碘缺乏引起的甲状腺增生。

中华人民共和国成立后，政府关心山区人民生活，重视对地方病的防治，对山区人民饮用水加强监测，不断改善水质，强调使用加碘食盐。偏僻的山村原有的地方性甲状腺肿和克汀病都得到了有效的治疗，新的疾病基本都不再发生。

几年前我曾来过这里，那时全村百分之七十的住房还是土坯黄背草房。今天土坯房已经不见，换成了整齐的水泥小平房。家家都用上了经过净化的山泉自来水，道路也全部硬化。

中午时分，雪住放晴。和煦的阳光照耀着山野，积雪开始悄悄融化，山野蒸腾着缥缈云雾，亦真亦幻，妙若仙境。

很多人出来打扫门前和路上的积雪。小孩子从家里出来，像一群快乐的小麻雀，叽叽喳喳，在空旷的雪地上堆雪人、打雪仗，快乐天真、活泼可爱。我不禁触景生情，勾起对童年生活的回忆和淡淡的伤感。

我来到积雪的小河边，河水因融雪涨了不少，唱着欢快的山歌一路奔去。我仿佛听见积雪下种子萌芽的声音……沟边、崖畔、路旁的迎春、山桃花孕育着蓓蕾……春天正怀抱来年的希望和梦想，含笑走来。

（2019 年 2 月发表在《河南思客》）

辛勤的歌唱家

我家住六楼，窗外是一条美丽的护城河，河水唱着哗哗的曲调，缓缓地流向远方。河岸成排婀娜的杨柳，在煦风中摇曳婆娑，碧绿的草坪上种着玉兰、月菊、紫荆花，姹紫嫣红的花朵傲然怒放。楼下小区长长的围墙上，爬满翠绿的带刺的蔷薇，开着红色、黄色、白色的花。墙根下是浓密的草丛，是无数只欢乐的蟋蟀栖息的家。

秋夜，每当月亮刚刚升起，蟋蟀们便在草丛中开始弹唱，好像是美妙的交响乐，有节拍有韵律，仔细聆听有低沉的音调，也有清脆的嘹亮，就像无数摇晃的小铃铛。歌声没有浮躁，没有喧嚣，愉悦美妙，和谐悠扬，寂静辽阔的夜，显得更加安详。

夜已深沉，蟋蟀们还在不歇地歌唱，唱得满天繁星闪闪亮，唱得月亮笑弯了腰。循声推窗瞭望，只见无数只萤火虫在树梢上飞舞，却看不见蟋蟀们的身影。还记得儿时和小伙伴们一起斗蟋蟀，度过多少快乐的时光。韶华如水，光阴流转，回忆过往的温馨与沧桑，心中五味杂陈。此刻，灯火已阑珊，察觉那些细碎的时光无论酸甜，都是多么美好而又值得铭记。

猜想蟋蟀们为什么这样执着顽强？许是它们也有梦想。它们觉得，既然上帝赋予了我们生命，我们就要努力实现生命的价值，不虚度光阴，蹉跎时光。此生不求轰轰烈烈、大富大贵，只求平平安安、从容淡定。关爱同伴、珍爱生命、勤恳敬业，用弱小的生命传唱真善美，讴歌正能量。

次日清晨，我走在窗下的林间小路上，一群小鸟自由自在地在头顶鸣叫穿梭。草地上盛开着五颜六色的小花，像铺着彩色的地毯。我在草丛里苦苦寻觅，还是寻不见蟋蟀的踪迹。那些辛勤的歌唱家，简单质朴，既不图名，也不图利，像极了在社会公益活动中，默默奉献的志愿者，他们的工作既是“助人”，亦是“自助”；既是“乐人”，同时也“乐己”；既是在帮助他人，服务社会，同时也是在传递爱心和传播文明。我由衷地感谢他们慈悲为怀、乐善好施的奉献精神，深深地向它们致敬。

（2016 年 8 月发表在《尧神》）

幽幽榕树情

海边屹立着一棵大榕树，枝叶繁茂，郁郁葱葱，它的根深深地扎在岩石缝里，经过岁月风霜的洗礼，与周围的景观和谐地融为一体，形成了一道靓丽的风景。

试想，大榕树埋在黑暗石缝里多么寂寞无奈，可它没有气馁，没有怨天尤人，没有听凭命运摆布而一蹶不振。它渴望生命的青枝绿叶，渴望辽阔浩瀚的大海，艳阳普照的神州大地、锦绣山川。它用坚韧不拔的毅力，冲破无数的黑暗，冲破层层石壁的压抑，翠绿的生命激昂绽放，伴随无数个凄风苦雨，长成茁壮的躯体，从它的枝干上又生出条条新根，纵横交错，像无数条流动的血管，牢牢附着大地。

呵，大榕树，如今参天耸立，面朝大海，焕发着青春。任凭雷鸣电闪，台风凶狠，暴雨倾盆，它都岿然不动，因为它是生命的崇高体现，是毅力和意志的完美象征，它给一切生命以鼓舞，以榜样。

榕树呵，那是什么样的藤蔓，爬上你枝叶的顶端，迎着太阳欢唱起舞，盛开着绮丽的鲜花，炫耀着它的缤纷；榕树呵，你甘为人梯、无怨无悔的奉献精神；你的胸怀如此宽广、博大深沉。

榕树呵，你看惯了海上日出日落，星空闪耀灿烂，看惯了暴风雨中勇敢飞行的海鸥海燕，点点的帆影，湛蓝的天空，飘摇的白云。夜幕降临的黄昏，映出漫天红霞，你热情迎接着成群的鸟雀归林。你是鸟雀们安全温暖的家，你的家庭蓬勃兴旺和谐温馨。

榕树呵，在炎热的夏季，你又为过往的游客遮阳挡尘。看，姑娘们着斑斓的纱衣奔跑嬉戏，陶醉在你清凉的绿荫里，像岸边妩媚的花朵，五彩缤纷，鲜艳夺目。

有人想做你一片青翠的绿叶，有人想成为你深扎在岩峰里的根，有人想成为栖息你枝头的鸟儿，在烟波浩渺的大海上随海鸥自由飞翔，追着帆影，追着白云。

而我对于榕树的情，就像扎根于岩石罅隙的老树根，已不能自拔这一片悠悠情怀，绵绵情意，且化作一股力量常常魂牵梦绕着心灵。

（2018 年 6 月发表在《作家地带》）

海岛看雨

原本熟睡在夜的帷幕中，忽被轰隆的雷声、呼啸的风声、癫狂的雨声，汇合成的势如千军万马的交响乐曲惊醒，耳旁的蛙鸣声悠悠忽忽，下意识忆起自己是住在海岛的城镇。

早晨，推开九楼的窗扉，乌云低沉，虽骤雨初歇却细雨飘飞，婉约淡然。独倚在雨落清痕这抹隔世的意境中，梳理着简单又复杂的思绪。没有喧嚣，没有浮躁，只是云淡风轻，思念家乡。于是，我轻展时光的素笺，蘸雨为墨，写就一句句断句残章。

看　雨

雨未央，风依旧。南海隐约的涛声滑过耳郭，遂望向烟雨中的园林。端庄厚重的亭台楼阁，随风摇摆的椰树林，根深叶茂的老榕树似有所思，愈加深沉；跨海飞来的鸟雀，风雨中疾驰，如同闪电，愈加迅速；小径深处的竹林，沐雨挺立，高洁优雅，愈加青翠；一袭红衫的三角梅，逢雨虽有凋零，却妖娆依旧，愈加妩媚；芭蕉树的阔叶随风抖动身影，蕉浪如涛，愈加风姿绰约；高大的棕榈树，叶子舒展如孔雀开屏，携风雨翩翩起舞，沙沙作响，愈加生机勃勃。

思　乡

雨丝，缠绵悱恻，一如思乡的心绪；雨帘，若隐若现，一如脑海萦绕的记忆。我倚着窗子，静饮一杯香茗，且将那份淡淡的愁怀，沉浸于一盏温热的茶香里，待自己一口口，慢慢浅酌……

乡愁的序幕，源于乡下安宁娴静的小村落。记忆里，我的家乡云淡天高，雨润风调。古城墙边那颗高大粗壮的老槐树，虽经岁月洗礼依然茁壮生长；山岗上悬崖边的松树，虽经风吹雨打依然苍劲挺拔；村边水塘斜倚的老柳树，虽躯干粗矮弯曲，仿佛一位饱经风霜的老人佝偻着腰，但总是招引过往的行人在此驻足乘凉；旷野里花开如云的片片果林，绿果翠叶春意盎然，奋发向上，像绿色的海洋；田野里一派丰收的盛景，高粱举起了火红的把子，稻谷笑得压弯了腰，棉花露出了洁白的牙齿，大豆乐得合不拢嘴，小伙伴们迎着风频频点头，像在感谢农民们的辛勤栽培。

一阵凉风越过窗台，寒流抚过双腮，我不经意地打了个喷嚏，恍然间，从思绪中抽离。视野里，天空的颜色，似浓郁的水墨丹青，挂在落寞的天上湿淋淋。如画的园林似典雅大方的青花瓷瓶，伴随雨丝的节奏焕然一新。

苍穹愈低，雨帘愈密，落雨纷纷，我思绪纷纷。

（2018 年 5 月发表在《尧神》）

海滩拾贝

令我着迷的地方是有特色情调的海岛，令我叹为观止的景区是恢宏隽美的天涯海角，令我难以忘怀的是翩翩起舞、绿树成荫的椰林，然而，最令我依依牵情的是漫步海滩的感觉。一个人默默地在海滩走着，听风儿低吟，看红日逐浪，而俯身拾贝则仿佛迈进了诗一般的佳境。

海滩观景

沐浴轻柔的海风，迈着细碎的脚步，海滩我来了。

这里是南海边一处洁白如银的海滩，在阳光的照耀下晶莹闪烁，美轮美奂。碧蓝的天空飘着朵朵白云，辽阔的大海不息涌动着层层波浪，荡漾的银波上帆影点点，成群的海鸥在波光粼粼的海面低空飞翔。

阵阵海风扑面而来，与每个游人深情拥抱；摇曳的椰林似一群少女，送来一阵阵椰香。高大挺拔的橡胶树，果实累累的椰子树，风姿绰约的槟榔树等在岸边聚首，仿佛是在迎接朋友，又好像在送别亲人，绿涛滚滚，涌入心房。

驻足海滩，观赏海边风光，神清气爽，心旷神怡。

拾贝留影

无边无际的海滩上，游人熙熙攘攘。海潮退去，在海滩上留下了令人目迷的各种贝壳，大大小小五颜六色的贝壳上，花纹极其精致漂亮。这些种类丰富的贝壳，使人不禁想起了一切瓷器的精品。所有歌咏瓷器的诗句，美丽的贝壳都应当之无愧。我猜想，是谁构造了千奇百怪的贝壳？贝壳的主人去哪儿了？为什么留下这些色彩斑斓的新房？天工巧匠难勾勒出这般花样多端的花纹，美玉翡翠也难与它们争锋媲美。

海滩上，不少游人兴高采烈地捡着贝壳。一群孩子欢呼雀跃，追逐嬉戏着，相互炫耀自己捡来的贝壳最美，快乐的笑声在海边久久回荡。有的游人手捧贝壳，相互用相机、手机拍照留影，有的游人沿着浪花飞溅的岸边，用摄像头捕捉翻滚的海浪。

远方，舰船和帆影悄悄飘离停泊的海湾，不知要驶向哪方？那里也有椰林环绕的美丽海滩么？海滩上的贝壳是否更绚丽夺目，动人心弦？是不是还有耸立的危岸悬岩？可有无数海鸥栖息的温暖家园？

我徜徉在海滩，一边感受海风送来的醉人气息，一边抚弄把玩捡到的贝壳，眺望大海是那样澎湃，那样充满诱惑……

（2018 年 5 月发表在《尧神》）

播撒幸福等你来

人生的道路崎岖而漫长。一路走来，经历风雨艳阳，走过平坦大道，涉水越涧，风景尽阅，唯感这边——世外桃苑小区——独好。我在小区散步，聆听林间鸟语，观赏奇花异卉、特色建筑……怡情悦性，幸福之感油然而生。

人们总是在苦苦寻觅幸福，生活中也确实不缺少幸福，我们的生活就是幸福的万花筒。法国著名文学家罗曼·罗兰曾说："生活中不是缺少美，而是缺少发现。"其实，幸福有时就像花儿一样，它开在我们的身边，人们却视而不见。

世外桃苑小区，楼房巍峨，绿树葱郁，鲜花妖娆，成排的椰子树风中婆娑，高大粗壮的棕榈树和楼房比高。这里的树木长在幸福的沃土里，所以叶子很绿；这里的花儿开在幸福的椰风里，所以姣美。这里有亭台楼阁，石雕塑像，庭院小桥，有年岁过百的老榕树，枝繁叶茂，有葛藤满架的人行道，草地路旁身材魁梧的旅行蕉。这里草坪碧绿，芳草萋萋，小溪淙淙，池塘澄澈，金鱼穿梭，翠竹环绕，群蝶飞舞，蛙鸣鸟叫。这里不仅有幸福的家园，还有幸福的人。小区的居民来自五湖四海，可谓南腔北调。大家见面微笑，互致问好。小孩儿们常在林荫小路上嬉戏，老人们常坐在花坛边喝着椰子汁闲聊。这里有难得拥有的返璞归真，这里有和谐，更有互爱互助，这里被幸福围绕。

小区的夜呵，多美妙！霓虹彩灯，满园照。夜风轻轻地吹，椰树梢儿轻轻地摇，萤火虫在花园飞，虫儿在草丛叫，蝈蝈儿的叫声亮，蛐蛐儿的叫声噪，不知名的小虫叫声低，青蛙呱呱叫声高，这是世界上最好听的大合唱，欢快演奏到通宵。仰望星空，满天星斗在闪耀。一弯明月在云里飘，和平静谧真美好。小区静静地睡着了，老人做着彩虹般的吉祥梦，小孩在梦里抿嘴笑。祖国好呵，家家好！小区幸福地睡着了。

你幸福吗？来世外桃苑小区吧，这里种植着一种叫“快乐”的生活，散发着一种叫“诗意”的情怀，成长着一种叫“互助”的精神，培育着一种叫“和谐”的状态，这里播撒着幸福，等你来！

2015 年 3 月写于海南文昌

（2020 年 8 月发表在《信阳文学杂志》）

天涯海角行

海南，有一处风景独特的海湾，名为“天涯海角”。那里一年四季游客络绎不绝，是海南的游览胜地。

或许就因为那首“我一定陪你到天涯到海角”的歌的缠绵动情，让我对“天涯海角”产生了一种“心向往之”的强烈欲望，期待有一日能一睹她的风采！2018 年 11 月，我和老伴随旅游团，来到了向往已久的目的地。放眼望去，水天一色，烟波浩淼，无边无际。海滩上百余座形态各异的巨石赫然入目，各有各的命名，各有各的故事。导游介绍，著名的有天涯石、海角石、南天一柱石、海盼南天石、日月石等。清雍正年间，当地官员命人在此摩崖刻字，后人又涂上红漆，虽历经沧桑，风蚀雨侵，至今依然耀眼夺目。巨石如天神巨人，屹立岸边，观沧海，望长天，看舟子勇立潮头，海燕搏击风雨。迎来海上日出的壮丽，送走火红日落的辉煌。赏此奇观美景，让人不由得连声赞叹。

美丽的海滩上，游人如织，人头攒动，椰树婆娑，细沙如银。踩在沙滩上，感觉柔软惬意。五颜六色的太阳伞似百花竞放，争芳斗艳。

海边，椰树风中起舞，婀娜多姿，硕果累累。往里走踏上“天涯路”，这是环景区的一条林荫小道，完全被热带林木所覆盖，还有红的、黄的、翠兰、雪白的奇花异草点缀其间。一路上泉流淙淙，鸟语花香，恍若置身仙境一般，舒心喜悦之情溢于言表。再往里走，是一条宽广的水泥路，电瓶车承载游客往返穿梭，路两边种着挂满气根的榕树和高大的棕榈，树下芳草如茵，如同铺设的地毯。

历史上的海南，是片神秘的荒蛮之地。古人科学知识匮乏，以为天圆地方，至此就到了海的边缘，天的尽头。封建时代，所谓的罪臣被流放到这里服刑，饱受苦难，“漫漫天涯路，一去一万里，茫茫天涯路，千去千不还”。他们中不少客死异乡，未能魂归故里。翻过这历史的惨痛一页，热情的导游告诉大家，从古至今，有太多关于海南的诗词和故事，而“天涯海角”就是爱情的象征，寓意再遥远的地方你我都会形影相随。来到这么个浪漫的地方，一定要给远方的爱人情侣打个电话，发个短信，传递相思之情，或是在爱情石前有个山盟海誓的承诺。我和老伴走在和煦的海风里，踩着松软的沙滩，最终到达这天之涯，海之角，面对鸥飞涛涌的南海，倾听着爱的呼唤，无比的赏心悦目。

相传很久以前，大财主家有个美丽温柔的女儿，却偏偏爱上了一个放牧羊群的穷小伙儿，受到父母的严厉斥责和阻拦。但两人真心相爱，情比石坚，无奈之下相约某夜私奔，不料被父母发现，命家丁追赶，眼看前面就是茫茫大海，无路可逃，于是相拥跳进大海，化作两块巨石屹立海边，如永远相伴相守的一对爱侣，这就是游客们驻足的“天涯海角”石。如今，“天涯海角景区”被称为“浪漫天涯”“爱情湾”“情侣湾”，每年农历三月三情人节，这里都要举行隆重的“天涯海角国际婚庆节”，常有几百对有情人在这里举行集体婚礼，拍婚纱照，山盟海誓：“执子之手，与子偕老”；“爱你到海枯石烂，爱你到地老天荒”；“在天愿做比翼鸟，在地愿做连理枝”；“海上升明月，天涯共此时”；“海内存知己，天涯若比邻”。很多赞美爱情友谊的佳句，都是对此的诠释。

离天涯海角石三百米处，有一块巨石，高三米多，上刻“南天一柱”四个大字。关于南天一柱石，传说是天上王母娘娘的两个侍女，见陵水海域暗礁多，恶浪汹涌，时常打翻作业的渔船，造成渔民家破身亡的惨剧。两仙女睹此心生怜悯，偷偷下凡，伫立陵水海边为渔船导航。王母得知此情异常恼恨，即令天兵天将到凡间捉拿侍女问罪。二位仙女心系渔民，不顾生死，执意不回天庭，便化成一座双峰石，留在海上护佑渔民。王母怒不可遏，遂令雷公把双峰石击为两段，一段抛至陵水海域远处，一段留在这里。

旅行归来，作为一份宝贵的馈赠，我和老伴把关于海南的美好记忆珍藏心底，并祝愿海南和海南人，祖国南疆的福地福人，永远幸福。同时向厌倦了繁华与喧嚣的都市人进一言，诸位闲时不妨到此一游，放飞心灵，投入大自然的怀抱，收获一份难得的享受。

2018 年 12 月写于海南三亚

（2019 年 12 月发表在《信阳文学杂志》）

印象温尼伯

2013 年初夏，我和老伴随旅游团到美国旅游，在十三天行程结束后，我们则转机飞往加拿大，看望远在那里的女儿一家。

女儿一家三年前从郑州科技移民到加拿大曼尼托巴省首府温尼伯市。她得知近期我和老伴赴美旅游的信息，提前从网上给我俩订了从纽约到温尼伯的机票，还订了轮椅服务，以便到机场后，由机场服务人员专门接送，以免由于语言不通、无法交流带来的诸多不便。

经过三个小时的飞行，飞机在温尼伯机场降落。我女儿、女婿、外孙女早早就来到机场等候我们。待我俩下飞机，取了行李，步入大厅，他们便飞快地迎上来。朝思暮想的亲人们终于见了面，不禁都热泪盈眶。

温尼伯居民社区的风景

我女儿家住的是一个老社区，距市中心有四十余华里，房子都是二十世纪八十年代左右建成的。没有林立的高楼，没有喧嚣嘈杂。临街是成排的绿树，房前房后是草坪和鲜花。

一栋栋整洁美观的房子，成排而不相连，都面朝大街，没有任何护栏和保护墙。路边的绿化树是属于国家的，紧挨树的草坪却是属于私有的土地，根据个人的意愿，种上你喜爱的花草和树木。

房屋的临街墙壁，距地面不足一米，就是向阳的大玻璃窗，没有设置国内惯见的防盗网，拉开窗帘，屋内陈设一览无余。屋后是一个小花园，有的人家就在那儿搭个帐篷，摆上桌椅，吃饭乘凉。还有秋千架，健身器材之类。小院周边只有一米多高的木板围栏，即国人所谓的挡君子不挡小人。各家房前的草坪都修剪得平平整整，一片碧绿。偶有蒲公英之类的野花点缀其间，美极了。

从我女儿家出门，到国王公园的路两旁，就是两道靓丽的风景线。

各家草坪上的风景树，千姿百态。有刚劲挺拔的松柏，有婀娜多姿的翠柳，有争相吐蕊的桂花，有如火燃烧的红枫，有压弯枝头的苹果，有结满似珍珠玛瑙的樱桃。花草的品种很多，好像每家每户都参与了花展；菊花的青枝绿叶，红黄绿白的花朵碗口一样大。色系齐全的牡丹花、芍药花，姹紫嫣红，百媚千娇。那屋檐下吊着的花篮，垂下赤橙黄绿青蓝紫的串串花序，如彩色瀑流，在微风中飘飘洒洒。在女儿的引领下，我来到其它小区游逛。有几家花草种的特别艳丽，就像风景秀美的小园林，令人陶醉。有一户人家独树一帜，门两旁雄踞着威震八面的石狮子，彰显着中国文化，我猜想这一定是户中国人家。据了解，在路边赏花，切忌踏入私家草坪，乱拍乱照，因为这触及个人隐私，不文明。小区里的人家交往不多，但出门见面都笑脸相迎，热情问好，招手致意。到处充满着温馨、和谐、安定和宁静。

亲临女儿学校的颁奖午宴

初到加拿大，我女儿为提高英语基础知识，报考了一所大专学校。通过两年的学习，在两个药学专业班中，毕业成绩名列第一，被曼大药学院录取，受到学校奖励。在我和老伴来女儿家的第三天中午，女儿带我们去参加她学校举行的颁奖午宴。宴会在学校大礼堂举行。女儿带我们坐在宴会前排桌子的右侧，和我们邻座的是女儿的两个女老师，一个韩国男学生和他的女朋友，一共七个人。也许因为我和老伴年岁偏大，又是明显的中国人，容易引起注意。会议还没开始前，在台上的校长、副校长、教务主任，纷纷从台上下来走到我们面前，微笑着向我们问好，与我们亲切交谈。我女儿做了翻译，校长说："你女儿表现很优秀，是你们培养教育的结果啊！"并热情地和我们合影留念。一个大专学校的校长如此平易近人，没有丝毫架子。在异国他乡，我们感受到了真挚的温暖。

参加外孙女的毕业典礼

一周后的一个上午，我女儿、女婿陪同我和老伴去参加外孙女的高中毕业典礼。典礼在曼大的大礼堂里举行。在加拿大，毕业对于学生来说是其一生很重要的事情。学生的亲朋好友，都会收到参加毕业典礼的邀请。学校的广场停满了密密麻麻的汽车，可容纳几千人的大礼堂座无虚席。来宾中，有当地的白人，中国人，韩国人，菲律宾人，非洲人，穿着长裙、裹着头巾的印度人，阿拉伯人。来宾中有很多怀抱鲜花，准备上台献花的少年儿童，有白发苍苍的老翁、老妇，还有坐着轮椅的残疾人，欢欣的场面，就像举行一个盛大的节日庆祝会。

典礼开始，伴随学校军乐队的军乐声，毕业学生身着毕业礼服，整齐有序地入场。全场响起雷鸣般的掌声和欢呼声。校长致辞后，给学生颁发毕业证。校长念一个名字，一个个学生陆续上台领取毕业证并与学校领导合影。毕业证发过后，坐在主席台上的老师们，分别表彰在德智体各方面表现突出的优秀学生。受表彰上台领奖的有不同国家，不同民族的学生，获得最高总督奖的是一个非洲黑人学生。

会议举行两个多小时，自始至终秩序良好，没有人离场，没有人来回走动。毕业典礼庄重热烈，掌声、欢呼声此起彼伏。会议结束，人们聚集在礼堂，久久舍不得离去。每个学生都和亲朋好友合影留念，学生间不分国度、民族，相互拍照合影，其中有黑人男生和白人女生，白人男生和黑人女生亲切合影。大厅内外洋溢着和谐友爱的浓浓情意。

游览温尼伯湖

七月一日是加拿大的国庆节，也是温尼伯的市民节。这天阳光明媚，我们一行驱车到温尼伯湖游览。车行一个小时，来到温尼伯湖畔的小镇上。小镇房屋整齐，绿树掩映，鲜花绽放，环境优美。这天游人很多，几个广场都停满了车。我女儿开车转了很多地方才勉强找到一个停车位。

温尼伯湖碧波荡漾，看上去就像浩瀚无垠的大海。无数游艇在湖面上穿梭，无数只海鸥鸣叫着自由自在地飞翔。湖边的沙滩光洁柔软，沿湖边延伸了几公里远。几个堆满鹅卵石的湖边小岛上，成群的海鸥聚集于此，快乐嬉戏，鸣声震耳。游人到了跟前，也毫不惧怕惊慌，仍悠闲自得地迈着懒散的步伐。

湖边游人熙熙攘攘，笑语声喧。五颜六色的太阳伞，像盛开的鲜花，五彩缤纷，争芳斗艳。游人中最多的还是白人，他们开着自驾车，有的拉着房车，足有一间房子大，车上生活用品齐全，在湖边选择一个合适位置，在这里快乐地度假，度周末。有的车后面挂着游艇，小一点的游艇安装在车顶盖上。靠湖边的水面上，湖上工作人员用彩色浮标指示着水深和安全区，男女救生员驾驶快艇在海上来回巡逻，时刻保护着湖上游泳人员的安全。老人和儿童倚着救生圈在浅水区畅游，不少年轻人驾着舢板在比赛冲浪。累了，上岸躺在铺着棉单的沙滩上，尽情享受日光浴。在游人中有相当多的妙龄女郎，她们都穿着很裸露的比基尼泳装，在湖里游泳，在沙滩上晒太阳，在人前从容地走来走去。这一切似乎都司空见惯，人们没有任何好奇异样的眼光，显得文明、自然、大方，平平常常。沙滩外是一条约三米宽的环湖水泥路，路的里侧是葱葱郁郁的树林，树林边缘放着木制的长凳子，游人可以坐下来休息，心情愉悦地看湖上风景，树林间的草坪上放着大木桌和长木凳，这是供游人聚餐用的。这天的游客不说成千上万，少说也有一两千人，可并没见一个卖餐饮和小吃的商贩。午餐都是自家带来的，每家围坐在一起，用自带的烤箱，烤面包、烤香肠、烤肉片，吃得津津有味，其乐融融。白人一样有中国尊老爱幼的传统美德，有的是三世同堂、四世同堂，一家人和和美美，笑声爽朗。白人之间相处和谐友善，几个家庭见面，相互亲切拥抱，尤其对老人更显得尊重有加。各家用餐后，都把周围环境整理得干干净净，所有垃圾都放进垃圾桶和垃圾箱。整个湖边几乎看不到一片碎纸和一个饮料瓶。加拿大人用高度的文明意识，保护着温尼伯湖的生态环境。温尼伯湖浩瀚，美丽，令人难忘。

畅游国王公园

温尼伯市的大公园有四个，我去过三个。其中，离我女儿家最近的一个叫国王公园。加拿大原是英属殖民地，不少道路以英国女皇命名，这里有一条国王路，公园即以此命名。国王公园是四个当中最小的一个，公园风景是纯自然的，没有太多的雕琢修饰，但也不乏真正的秀气与美丽。公园中心，有一个人工湖，设计精巧，一头椭圆，水深形成湖泊，一头狭长水浅，形成湿地。湖上修两座钢构拱形小桥，红色，小巧玲珑，湖岸边有一座华人集资仿古建筑六角亭，名华亭。

湖岸上种植着杨柳、松柏、花草。杨柳好像是不做修剪，让它们自由自在地生长，想伸出多少枝就多少枝，结果杨树多有七八个枝干，柳树多有十几个枝干，形成庞大的树丛。那湖水碧蓝，澄清，好像一面宝镜，蓝天、白云、岸上风景，十几米外的行人，全都映在湖水中。那湿地里生长着茂盛的野草野花，野花赤橙黄绿青蓝紫白，成簇，成串，妖娆多姿。有一种野草，树干粗壮修长，一米多深，枝头开一串紫兰色的小花，它们生长旺盛，微风一吹，那一片蓝色随风飘摇，好像涌动的蓝色河流。

我和老伴坐在华亭边的凳子上休息，看蓝天白云，看公园风景，听鸟啼，听蛙鸣。公园里的鸟类很多，发出不同的啼声，或清脆婉转，或高昂粗犷，还有乌鸦的哇哇声，像是美妙的大合唱。在国内我已很少听到青蛙叫了，这里此起彼伏阵阵如潮的蛙鸣，陌生而亲切，悦耳动听。

温尼伯的图书馆

温尼伯的图书馆系统管理先进，服务周到，各类藏书齐全。从省图书馆到基层社区图书馆统一联网，管理人员全部是公职人员，政府发工资。你要借书还书在任何一个图书馆都行。借书只要一次不超过十本，时间不超过三周，都免费，如果三周没有看完，你可以在网上续借，最多续借五次。如果你要借的书，当地图书馆没有，管理人员可以帮助你从网上查询，一天或两天，你需要借阅的图书就会送到你就近的图书馆，管理人员会电话通知你。假如你从省图书馆借的书看完了，在你就近的图书馆归还就行。

温尼伯市有居民八十余万人，现在华人已占两万多。华人的影响力逐渐扩大，社会地位也在逐步提高。从省图书馆到社区图书馆都设有华文书架。我去过省图书馆，华人书籍摆满十余个书架，从古典、现代名著到现在发行的文学、科技杂志，一应俱全，琳琅满目。

所有图书馆，阅览室均配有电脑。在省图书馆，从一楼到三楼阅览室大厅，整整齐齐摆放着几排电脑，坐满了学习的人。你可以随便上网，多长时间都可以，绝没有人来干涉你。

省图书馆一楼外，有一个小花园，绿树浓荫，芳草鲜花，摆放着桌子凳子，是专门给图书馆的人休息纳凉，谈话聊天的地方。

温尼伯的交通

温尼伯的道路交通法以人为本，很具人性化。所有车辆过路口时，都会有“Stop（停）”的指示牌，让行人先通过。行人需要过主干道，如果近处没有设置的红绿灯标志，就近按一下路旁电线杆上设置的按钮，就会显示出停车标志。正在行驶的车辆就会停下来，让你先过马路。一次，我和老伴走到一个路口，驾车的白人老夫妇已经停车，我们摆手示意请他们先过，他们从车窗探出头来，满脸微笑，用英语连声说谢谢，他们转过弯还不停挥手，向我们致谢。温尼伯的公交车停车点，都建有几栋玻璃房，里面安装有长凳子，凳子下面设置像电炉丝一样的结构，冬天通电送暖。温尼伯中心，一、二、三路公交线路是免费线路，方便市民到政府机关办事和到各商场购物。还有一路免费旅游线路，通往市内和郊区的各旅游景点。

加拿大驾驶汽车，好像没有年龄限制。我看老态龙钟的老翁老妇到超市购物，拄着拐杖，蹒跚行走。出超市开起车来，却显得生龙活虎。

温尼伯的市中心

温尼伯市中心位于红河和阿西尼伯河的交汇处，在两条河流的怀抱中，风景秀丽，水陆交通方便。温尼伯 1868 年建市，至今仍保留着不少上世纪的街道和建筑，像议会大厦、市政府、省图书馆、警察厅、火车站、天文台、宏伟别致的红河大桥，挪威人建的基督教大教堂。有一条大街叫坡特基大厅，是上世纪建的商业街，至今仍然很繁华，在酒店、旅馆、商场、邮局的墙壁上，都绘有当时的壁画。再现着当年有规电车、马车、修建铁路，建筑房屋，人们到商场购物的场景，很像名画清明上河图。

省议会大厦是一座古典式风格的三层楼房建筑在大楼圆顶顶端，塑着一个全身覆满金的金童铜像，高五点二五米。金童怀抱麦穗，喜笑颜开。曼尼托巴省是加拿大的农业大省，金童是在预祝丰收。

大厦前的广场，宽阔美丽。草坪如茵，绿树参天，喷泉水花，鲜花盛开。在草坪上矗立着很多座世界名人的铜像雕塑。

在市中心东部有一条唐人街，是华人居住和经商集中的地方，唐人街大门北侧是华人文化中心，一座很大的二层楼房仿古建筑，很像中国的一座宫殿。文化中心前的花园建得很漂亮，翠竹芳草，绿树鲜花，小桥流水，亭台楼阁，映衬着浓厚的中国文化。唐人街上有华人开的大酒店，大超市。超市内经营的基本都是中国商品，有齐全的农副产品，针织服装，各种鱼类海鲜，传统中药等，购物的不但有中国人，也有不少外国顾客。在街上有一个餐饮小店“我家小馆”，是西安人开的，专门卖中国的小吃、米线、凉皮、土豆粉、热干面、味美价廉，生意红火。中国人吃苦耐劳，精明、能干、热情好客，已得到许多外国人的认可。

曼尼托巴省博物馆，展出曼尼托巴省和温尼伯市的发展历史。彩色的人物、动物雕塑，形象逼真，栩栩如生，配上声光，使参观者如身临其境。再现了 18 世纪加拿大修建太平洋铁路的场景，一万五千多名华人劳工来到这里，分配到最艰苦、气候最恶劣的地段劳动，无数华人劳工冻死累死。可是在加拿大举行太平洋铁路的竣工典礼庆功会上，只字不提华人的贡献，表现了对华人的极大歧视和不公平。现在中国和平崛起，在世界的影响力和地位，空前提高。加拿大政府在前年向华人做出了诚恳的道歉，中加关系逐渐春暖花开。

温尼伯市处于和我国东北漠河一样的纬度线，天气极度反常，夏天可热到摄氏三十六摄氏度，冬季最寒冷时可低到摄氏零下三四十度。温尼伯市中心的建筑很科学，你从任何一栋楼房进去，上到二楼，可以走到你想去的任何地方，通过每一条大街，是封闭的天桥，连着政府机关、商场、酒店、餐厅、电影院、图书馆、学校。冬天有暖气，夏天有空调，走累了坐在设置的凳子上休息。你从任何一处下去，出门基本有公交站，极为方便。

温尼伯的超市

小区附近有两个大超市，都只有一层，都很大。一个英文名为“supermarket”意译为超级市场，是综合性的，蔬菜瓜果、生熟肉类，各种鱼类海鲜、面包糕点、医药图书、厨具家电，应有尽有。

在温尼伯的超市购物，不用担心食品安全，不会买到假货。各种商品都明码标价，注明产地，比如大蒜，产地分别标着中国、墨西哥、美国都分开摆放，价格略有差异。在蔬菜区看到有中国产的姜、荔甫芋头、山药、竹笋等。在加拿大购物，大到汽车、冰箱、彩电，小到一只圆珠笔，一支铅笔，都要交税，其中国税百分之五，地税百分之七，合计百分之十二。但农副产品、生活必须品，像蔬菜瓜果、大米、面粉都不加税。

一个叫“沃尔玛”的大超市是综合性的，但侧重食品，各类糕点、面包、肉食类品种繁多，让你目不暇接，眼花缭乱，很多柜台前都有服务员专门烧烤，免费让顾客品尝。如果你有时间，可以一天在商场里随便转悠品尝，不用回家就餐，也可以吃饱喝足，困了累了还可以坐在沙发上休息。

温尼伯一个美丽文明的地方，一个繁华且优雅的城市，有诗画般的温尼伯湖，有和谐的人文环境，有西式风格的特色建筑，有自然旖旎的风光……回航飞机的轰鸣在耳边作响，脑海中幻灯式的播放着我和老伴在异国的许多回忆。在温尼伯的日子里，点点滴滴我都记忆犹新。特别是我俩的饮食起居备受女儿一家人的照顾，回国后，我将诸多感受落笔书写，聊以慰藉不舍的思念与牵念之情。

（2014 年 8 月发表在《尧神》）

隆达古城纪游

2015 年 8 月一个炎热的下午，我们一行到达西班牙的隆达古城。古城位于西班牙南部安达卢西亚腹地，原是个人迹罕至的小镇。建在隆达山脉中一座陡峭的山上，是世界上著名的“空中之城”“云中之城”。

这座古城是罗马帝国时期，由阿拉伯人在 1413 年建成的，遗留至今的众多古迹。清真寺高高的尖塔，巨大半圆形的穹顶，在正午的骄阳下反射出刺目的白光……见证着当年伊斯兰教极盛时代的辉煌。

木石结构的房子建在危崖绝壁之上，基本都是白墙红顶，下临深谷，几百年来却能安然无恙，岿然不动，怎能不让人怦然心惊。

横跨隆达峡谷有三座石拱桥，其中最大的一座连接着老城和新城，建于 1793 年，是隆达的地标性建筑。桥体用巨大的石块砌成，由于年代久远，桥面被踩磨得锃光发亮，留下深深的轮迹辙痕，饱经沧桑，但仍稳固如初。

环抱隆达古城的群山，连绵起伏，巍峨壮观，岚拥雾绕，神奇缥缈。从桥上往下看，峡谷深不见底，令人头晕目眩。

老城里有一座建于1785年的西班牙最早最大的椭圆形斗牛场，看台全部用青石条砌成，可容纳五千余人。自1954年起，每年5—9月的第一周，都会在这里举行全国盛大的斗牛赛事。斗牛和弗拉明歌舞是西班牙的国粹，闻名世界。

隆达峡谷里有无数巨石形成的绝壁，几乎与峡谷等高。石头呈暗红色者如血渍，黑的像铁，历经亿万年来流水的冲击侵蚀，形成深浅大小不同的凹坑和罅穴。成千上万只蝙蝠在石洞里栖居，有一些大白天趴在黑石上一动不动。到了黄昏，它们忽然精神抖擞，争先恐后飞上高空，在古城上空里盘旋鸣叫，黑压压的如同一片浓重的乌云。

发生在1562—1598年（一说1559—1594年）的西班牙宗教战争，一个教派胜利后，遭追杀的教徒大部被驱逐出境，残余则逃进隆达深山占山为寇。当时的西班牙政府调集重兵进山清剿，成千上万的异教徒被拉到峡谷边斩首，异教徒的头颅、尸体充塞峡谷，流水被鲜血染红。至今，峡谷的流水依然幽暗混浊，阴森恐怖，仿佛仍散发着血腥。有当地人绘色绘声地告诉游客，他在月黑风高的深夜，曾看到过无数异教徒游荡的身影。我忽然想到，这无数的黑蝙蝠，莫非就是他们不灭的幽灵？

大桥东边，峡谷北岸，有一幢二层小楼，写下《老人与海》的美国著名作家海明威曾在此居住，依据发生在这里的真实故事，写成了名著《丧钟为谁敲响》。后来同名电影的外景拍摄也在这里及周边完成，从此，隆达山和隆达峡谷这一被淡忘的历史遗存，重又回到人们的视野，成为名闻遐迩的旅游胜地。

离开隆达古城后，我陷入痛苦的思索之中。那隆达峡谷涌动的暗流，嶙峋巨石上成千上万只黑蝙蝠，峡谷边夜风中摇曳的荒草，荒草间瑟缩的野花……多次出现在我的梦境里，久久挥之不去，难以忘怀。

人类呀，何时才能学会敬畏生命，终止争斗与杀戮，实现永久的和平……

（2018 年 6 月发表在《河南思客》）

游桌山

匆匆用过早餐，我与老伴随团前往有“上帝的餐桌”之称的开普敦地标景点——“桌山”游览。

桌山位于南非开普敦南侧。我们乘大巴经过海滨大道，见临海民居几乎是整齐划一的一层水泥平房建筑依水而建，绵延几公里，鳞次栉比，排列有序。椰树海风，白鸥翻飞，别具一番情致。导游讲，南非所处位置，地壳相对稳定，人民安居乐业，从无震灾水患之虞。

仰望桌山，但见林木蓊郁，云笼雾锁，给整座大山罩上朦胧神秘的面纱。

桌山常年风力强劲，上山的缆车一半时间因风大停开。还好，今日天气晴和，风也不大，我们有幸乘三百六十度旋转缆车登顶一游。

桌山其实是一组山的总称。其中一座朝海的一面长一千五百多米，宽三百多米，远远望去，山脊平直如线，形似桌面，故名“桌山”。周遭山体的高度大致与此山处在一个平面上。

桌山垂直高度一千零八十七米，面向波涛汹涌的大西洋，当海上的水蒸气沿山体上升，到达山顶遇冷就凝结成云团，所以桌山山顶常年云雾缭绕。

徜徉山顶，沐浴明媚的阳光，头顶蔚蓝的天空，缕缕白云擦身而过，大有飘飘欲仙的感觉。今天的云好像更为绵密浓重，无边无际，放眼看去，如白浪滔天的汪洋大海，露出的山尖则像是星罗棋布的岛屿，缥缈隐现，亦幻亦真，恍若置身蓬莱仙境。

桌山山顶怪石嶙峋，千姿百态，有的像列队出征的武士，有的像翩翩起舞的仙女，有的像倚天的宝剑，有的像大腹便便的弥勒……如同一座庞大的天然雕塑博物馆。大自然鬼斧神工的杰作令人惊叹叫绝！

桌山山顶又像是一座美丽的大花园。在桌山自然保护区里，有一百五十多种鸟类和两千余种珍稀植物。山地上的植物千姿百态，各色鲜花争奇斗妍。大大小小的鸟儿，不惧游人，或自由飞翔，或伫立岩石顶，或在草丛里悠闲觅食，叫声婉转美妙，令人心旷神怡。

石缝间丛生矮小的灌木，大多只有几十公分高，盘根错节，扭曲的枝干只有手指般粗细，却枝叶茂盛，显得古朴苍劲。据说，它们已有百年以上树龄，甚至超过千年，在桌山山顶可谓历尽沧桑了。斗转星移，风雨洗礼，可称树中的寿星和神木。

在桌山的最高点，建有一座一百多米高的灯塔。每当夜幕降临，灯塔便亮起灯光。对经风历险远航归来的水手们来说，这灯光，无异于亲人殷切期盼的目光，看见这灯光，就知道已经到家了，心中会陡然升起无尽的暖意和慰藉。

（2015 年 5 月写于南非，摘自我写的南非旅游日记，2019 年 12 月发表在《信阳文学杂志》）

黎明前

多少个不眠的夜晚，我仰望天空，感受静夜的空灵。视野里灰蒙蒙的，却不见星星的踪影，总是幻想星星扑闪着翅膀，飞向了遥远的太空。这夜我刚刚入睡，竟望见一群星星飞来，笑嘻嘻地落在了我的窗棂上，眨巴着闪亮的大眼睛，她们把温暖的手伸进我的梦里，轻轻地抚慰我的心灵。星星说："地球人太不珍爱自己的美丽家园，随意污染环境造成雾霾严重；我们随鸟儿飞去了远方，那里有蓝天白云，青山绿水，待天蓝了，空气清新了，我们再回来。在鸟语花香、和谐温馨的美好环境里再叙友情。"地球人在遭受自酿的灾害后幡然悔悟，积极纠正错误，努力治理环境，星星们才陆续又回到了地球上空。

凌晨四点钟，我从梦中醒来，听窗外风声潇潇，望投影在窗上摇曳的树影，悠悠思绪，遐想无尽，飘飞在寂静的黎明。

推窗仰望，天空澄澈幽蓝，星辰灿烂美丽，一轮圆月像一盏明灯挂在天幕上，月光如水，从天上直泻下来，像一道道瀑布。夜空中，北斗七星光芒四射，好像不辞劳苦地为夜行人指引着行程；月亮旁，最为闪亮的那颗启明星更是耀眼夺目，好像飞机夜间航行时燃亮的指示灯。

星月照耀，远近楼房巍峨，无数窗口都映射着明亮的星光。商都遗址的古城墙上，一排霓虹灯循环闪烁，好像栩栩如生、惟妙惟肖的火龙在热情欢快的舞动。还有历经沧桑的老槐树，搭在树干和枝桠间的喜鹊巢，在夜色笼罩中都能清晰可见。

朗朗月下，思绪随心逐风地飘向了千万里之外的银河。牛郎和织女仍站在河两岸痴情守望。我仿佛听见，牛郎的一双儿女在呼唤着妈妈……我暗暗埋怨，在上的苍天呵，怎么就这样无情。我真诚祈愿月圆时人也圆，人圆时心也圆。世间不再为月缺而伤感，不再为月圆而悲怜！

临窗远眺，月光皎洁如雪，星星灿美如诗，夜景斑斓如画。我深情地欣赏着夜的静美，绿城黎明前夜的璀璨，唯感温馨、和美、幸福、平安。

（2019 年 7 月发表在《信阳文学杂志》）

路　祭

从我住的小区门口往西走一百米，是三条大路的交叉口，东西南北红绿灯变换闪烁，人流潮涌车马喧。在郑州，像这样热闹喧嚣的路口，每年的清明节、农历十月初一，都会成为人们祭奠亡灵的地方。

当夜幕降临，或破晓前的熹微晨光中，交叉路口，就会有兜售黄表、金箔、阴钞的摊贩聚集，接着就有路祭的人前来购买。他们用粉笔在地上画个圆圈，将金箔叠成的元宝，与黄表、阴钞一起点燃，口中念念有词，要自家亲人的亡灵前来领取，好在另一个世界买些生活所需的用品。

余烬明灭，纸灰如暗灰色夹蝶随风飞舞，心想所赠钱财已入亲人囊中，烧纸叩拜的人才缓缓从地面爬起，泪痕犹在的脸上，现出几分释然、宽慰与满足……

小时候听奶奶讲，每个人的魂灵就是天上的一颗小星星。听到亲人的呼唤，就会从遥远的地方，来到亲人的梦中，跟你亲切交谈。我是个无神论者，不信人死后灵魂尚在，或进天堂，或下地狱。但我又急切期盼“魂”的存在，让人人心存与至亲心灵交融的温馨念想；面对太多的无奈，我更期盼“神”的灵验，善恶有报，和谐怡然。

（2017 年 12 月写于郑州）

狮子与水牛

辽阔神秘的非洲大草原，灌木丛生，孕育着很多种动物，演绎着优胜劣汰的残酷故事。

狮子、非洲豹、犀牛、非洲水牛、大象，被称为草原上的五霸，意思是其他动物只有臣服的份儿，都招惹不起。

狮子是猫科动物中最凶狠的，被称为百兽之王。

狮子群体生活，集体狩猎，齐心协力，分工合作，有高度的团队协作精神。

非洲水牛，体态庞大，体重上吨，看上去剽悍凶猛。两支弯曲朝前的尖角犹如锋利的钢锥，稍一用力便可刺穿所有动物的皮肉、伤及内脏，置对手于死地。

我在非洲国家野生动物园里，见到很多膘肥体壮的水牛，要比狮子的体重大二十多倍。可是在电视《动物世界》节目里，一再看到的却是水牛被狮群猎杀的惨象。当一头水牛遭到狮子攻击时，水牛们也有顾怜同类之心，几头水牛会转身救援，但表现迟疑，缺乏合力。有时狮子因牛多势众，被迫后退，但懒散的水牛也只是伫立观望，无意乘胜追击。要是牛群溃逃中有哪头老弱病残或牛犊被隔离落单，当一只母狮跃上牛背，咬住其颈但并非咽喉部致命部位时，其他水牛却无动于衷，袖手旁观。此时狮群才敢肆无忌惮地一哄而上，迅即把水牛撂倒，残忍咬死。

每睹此情此景，实在令人痛心、无奈、惋惜和愤慨。

千万年来，这样的悲剧何以重复上演？也许，那是动物们应当追问上帝的事。在我们看来，弱肉强食则是其不可违抗的丛林法则，感叹唏嘘实属人类矫情。但作为万物之灵的人倒可以此作为镜鉴，想一想我们自己的事情。老友鲁行有一首题为《致非洲角马》的小诗，或可视为借题发挥，对严肃的人生思考给出的答案，录之与读者共享，并以此结束小文。诗曰：

要摆脱一个一个被吃的厄运
“畜”心涣散的角马呵
须由一群“个体”
自觉转换为一个“群体”

（2018年11月写于郑州）

河马与角马

一年一度的非洲角马大迁徙拉开序幕，几百万头角马（杂以斑马），浩浩荡荡，排山倒海，似滚滚洪流，一泄千里，势不可挡。

路途迢遥，山重水复。陆上有凶残的狮子、老虎猛兽的拦道劫杀，河里有阴狠的巨鳄暗中设伏，伺机突袭。可谓危机四伏，命悬一线。

但角马大军不畏艰险，越崖跳涧，前赴后继，奋勇向前。

最惨烈血腥的莫过于抢渡马尔马拉河之战。看，一头落单的角马只差几步就要跃上对岸了，却不幸被一只鳄鱼死死咬住后腿，角马虽几番拼死地挣扎，最终还是被鳄鱼拉入水中。角马尽力呼救，已经过河的几头角马虽又转回河边，但也只能眼睁睁看着同伴葬身鳄腹而无力施救。当此危急关头，正在河边吃草的两头河马听到呼声迅疾赶来，奋不顾身冲进河里，赶走鳄鱼，解救了濒死的角马。然后河马重回岸上悠闲地吃草去了。角马顾不上道一声谢，就奋力上岸，蹒跚着追赶大军而去。

河马是体重三四吨的庞然大物，看上去狰狞可怖，那一张血盆大口更是吓人。但河马却有一颗善良仁慈的大爱之心，它与角马既非同类，也非远亲，却能在角马遭受强暴攻击之时，施以援手，拔刀相助。

“路见不平一声吼，该出手时就出手”。河马的大爱侠义之举、道德精神，不是也很值得我们人类学习吗？

（2018 年 12 月写于郑州）

忆就读许昌医专的日子（一）

（1960年8月至1962年12月）在许昌医专读书的两年多里，正值三年自然灾害困难时期。男生每月口粮标准三十斤，女生二十七斤。经三折六扣，能吃到嘴里的更少得可怜。早中餐各是一个馒头，或一斤红薯（女生为九两），一碗稀菜汤，晚饭是两碗有少许面条的野菜汤。

学习任务重，每周还有一整天轮流的建校劳动，劳动量又大，根本吃不饱，常常饥肠辘辘的。同学们的整体素质很好，在食堂守序排队买饭就餐，从不拥挤争吵。虽然偶尔和炊事员也会有一两句争执。那时没有电子称，我的印象是那一帮炊事员素质很差，饱汉不知饿汉饥，称红薯就低不就高，所以同学们，连文质彬彬的女生也会放下架子，两眼瞪着看炊事员手中的秤，低了就不依，和炊事员理论。炊事员反倒嘲笑学生“没出息”。野菜都是学生课余薅来的，稀菜汤每人只准盛一碗，剩下的都放到大铁锅里，往食堂外一抬，让学生们去抢着争着喝，站在一边看笑话。那时每天下午两节课后，各班都会集体到野外薅野菜。同学们提一个用旧衣服缝制的大布袋，花花绿绿的，是专门装野菜用的。薅野菜常常跑到五里外的五郎庙，或“关公挑袍处”的霸陵桥附近的田野里。春天薅毛羽菜、荠荠菜、野油菜、黄黄苗（蒲公英）、七嚼芽等，秋天会摘些嫩南瓜叶，长在路边或地头的蓖麻叶。蓖麻叶油嫩光滑，做面条菜很好吃，但要焯一下再用清水浸泡半小时才能吃。学校三令五申出来摘菜要遵守纪律，同学们无论多饥饿，从不动群众的玉米、南瓜、红薯。晚饭前归来，各班负责人会把菜按品种归类收集起来，交给“大伙”上。

一天晚饭后，班里有同学说反胃，肚子疼，我也感觉浑身不舒服，接着就有几个同学呕吐腹泻。其他班级的同学也出现了呕吐腹泻的现象，而且人数越来越多。学校领导马上报告了地区卫生防疫站和地区医院，确定为食物中毒，原因就是使用了没有处理好的蓖麻籽叶造成的蓖麻碱中毒。学校迅速将中毒严重的同学送到地区医院住院治疗，并对炊事员进行了严肃的批评教育。

有一个炊事员更是丧尽天良，在“大伙”往外偷面块，把和成的湿面块贴在身上往外带，被一个管伙的老师当场逮住。校长是一个师级转业干部，拍着桌子斥责这个炊事员是只大老鼠，对其进行了严肃处理。

还有一次“大伙”夜里丢了两筐馍，这在当时可是件大事，惊动了市公安局，五个警察带着两只警犬到学校侦察，警犬在大伙房转了几圈后，竟直奔向学校东北角的几间临时工棚，原来是给在校搞基建的民工做饭的炊事员偷的，民警随即将两个嫌犯带走审查。

秋季时节，学校组织师生帮助周围农民秋收秋种，把原来每周一天的义务劳动，改为每月一周。我们原内科班、外科班合为一个大班，到距离学校西边六十余里的“大槐树”帮助刨红薯。分工是男同学刨红薯，女同学负责收拢红薯，抽空就摘红薯叶，两天往学校送一次，晒干后储备起来。学校买了一辆新马车，作为勤工俭学的工具，由各班学生轮流拉，到砖厂去拉砖，到水泥厂拉水泥，到河里去拉沙，千方百计节约建校费用。

马车归我班使用的这一周，帮助生产队劳动，生产队指派专人为我们做饭，三餐主要是蒸红薯，搭配稀粥和稀面条，能够吃饱喝足，大家真是心满意足了。干活都特别卖力，生产队的农民都很高兴。每隔两天送菜的晚上，大家喝了汤，把女同学摘的红薯叶，整整齐齐装在马车上，找一个个子高力气大的同学“驾辕”，五六个人“拉稍”，就高高兴地出发了。“大”正面邻公路，拉着也不费劲，一路上飘荡着“二郎山高呀高万丈”的歌声……我当时担任这个大班的团支部宣传委员，这天晚上，一路就由我负责，大家都听我指挥。六十余里路，中间歇了四次，少年不识愁滋味，说说笑笑又出发。这夜月亮又大又圆，月光下我们回到学校时，已经凌晨一点了。卸完车，伙上为我们准备好了夜餐，每人两个馒头，一大碗面条。吃完饭，我们回宿舍休息到五点，又起身拉着马车往回走。

后来，农村的生活状况似乎好一点。但我们的伙食标准仍然没有改善。在学校还是吃不饱，经常挨饿。每到星期天，很多同学背着花花绿绿的旧布袋到农村去，在刨完红薯的地里找小红薯、红薯筋，在红萝卜地里找小萝卜，作为这一周饥饿时的补充。

我们住的宿舍，每间四张双人床，住七个同学，留一个铺位放行李。我们宿舍有一个同学叫段金建，是开封人，戴高度近视镜，文质彬彬，少言寡语，忠厚老实。他住靠里上铺，每当中午或晚上休息时，常听到咀嚼声，不知他在吃什么东西，有一个星期天他上街不在屋，有两个同学好奇，到他床上翻看，大家都惊呆了，原来他枕头套里装的是炒过的小米糠。在场的几个同学眼睛都湿润了。后来听说这个同学的结局不错，因为他是城里户口，参加了工作，在开封鼓楼区人民医院当医生，我也为他感到欣慰。

1961 年麦收，学校全体师生按地委指示，徒步到舞阳泥河洼蓄洪区参加抢收。泥河洼每年只种一季小麦，麦收必须抢在洪水到来之前。有一年正在割麦，洪峰突然到来，只得把人和牲畜撤出来，车辆农具都丢在地里。所以，在泥河洼的收割是和时间赛跑，那时没有收割机，只能起早睡晚，披星戴月一镰一镰地收割。师生们不怕苦不怕累，和社员们并肩劳动了十几天，胜利完成了任务，受到地委的表扬。

1962 年麦收，师生们又徒步走五十多公里到鄢陵农村，分散到生产队参加劳动，这里的麦收不是用镰刀，而是用铲子，铲子安一个长长的木柄，用手顺麦垅往前推，师生们对此很快就适应了，参加抢收抢种半月余，受到当地政府和地委表扬。

（2019 年 8 月写于郑州）

忆就读许昌医专的日子（二）

在学生“大伙”的北侧，有一个三间房子的“教职工伙”，有一百多个人吃饭。那时老师们的粮食标准和学生的一样，虽然伙食会稍微好一些，但那时副食都凭票供应，有钱也买不到，所以老师们和学生们一样，也是经常挨饿吃不饱。有一个从南京药学院毕业的顾元龙老师，心直口快，在窗口领了饭菜，常边走边吃，走不到食堂大厅饭菜就吃完了，常站在食堂外面发牢骚说：“吃不饱就是吃不饱吗，为什么还不让说。”顾老师化学、药理课讲得很好，工作认真负责，和蔼亲切，受到同学们的尊敬。其他的老师大多都是刚从医学院毕业的，来自上海医学院、武汉医学院、重庆医学院等。年轻有为，虽说吃不饱，仍表现朝气蓬勃，工作认真负责，积极向上。每周他们都会自发组织一次友谊舞会，把礼堂里的电灯用彩色纸装扮成五颜六色，尽情狂欢，吸引很多同学都过来看，有几个会跳舞的同学，也被邀请过去。有几对男女老师，都是分配到这里工作后才相识、相知、相恋、喜结连理的。这批老师们上堂认真讲课，下课和同学们亲密无间，经常和同学们一起参加劳动，下午课余还一块出去摘野菜呢。

当时许昌医专和许昌地区医院都在西关外，只隔一个不宽的护城河，岸边长满茂密的水草，中间有一个木桥到地区医院西侧门，学校和医院受医院党委统一领导，内科、外科的临床课程就聘任地区医院的两位著名大夫担任。同学们都很珍惜这次来之不易的学习机会。学校处于建校初期，安排建校劳动较多，同学们要把耽误的时间找回来，起早睡晚发奋学习，争取学到扎实的医疗本领，将来当个好医生。比如学习人体解剖学，是一门很重要的医学基础课，安排一百多个小时，用的都是真人尸体。据说在战争年代，医学院校师生到战争前线，去背阵亡将士的尸体，回来解剖作教学用。现在和平时期，没有尸体来源，所用尸体可能是因病或意外死亡的人，征求家属同意后用钱买来的。我和其他十来位同学，拉着马车到许昌火车站接过三次尸体，男女尸体都有，是从武汉运过来的，详细来源我们不清楚。尸体已经用防腐剂福尔马林固定过的，用消毒纱布包裹，装在木格笼子里。尸体拉回后，放在学校有五间房子大的解剖室里，其中一头为盖着厚木板的停尸池，池中三分之二的高度为防腐的福尔马林溶液，浸泡着尸体。如果是刚死去的尸体，运到解剖室后，首先把尸体用福尔马林液固定，将尸体位置放低，像输液一样，将福尔马林液输入死者血管，慢慢周流渗透全身。新鲜的尸体可输入五千毫升左右的福尔马林液。固定后的尸体一般三年内部不会腐烂。尸体固定后，老师要对尸体进行解剖，详细解剖一具尸体，一个老师需三天三夜吃住在解剖室里。血管神经密密麻麻，像网络一样纵横交错，严格地说每一根血管神经的走向都不能划断，这需要付出多么艰辛的劳动呀。

老师对每具尸体的解剖，只能突出表现出一到两个系统。人体有运动系统（骨骼和肌肉）、血循环系统（心、血管）、呼吸系统（肺、气管）、消化系统（肝、胆、脾、胃、大小肠）、泌尿生殖系统、神经系统、内分泌系统、淋巴系统。所以讲课需要多具尸体。在尸体来源上，也有意外获得的。有一母女二人，坐火车从北方到南方探亲，行至许昌，女儿得急病下车，住进许昌地区医院，经治疗无效死亡，故无法带走女儿遗体（那时许昌还没有火葬场），老人把女儿遗体交到学校，考虑到老人困难，学校给她付了应有的报酬。还有一个在地区医院住院的男士老人，在病危时写下遗嘱，把遗体交给学校做医学研究。许昌市在1961年曾发生过两次凶杀案，许昌公安局把两具被害人尸体委托学校防腐固定，暂时保密。后来案破了，凶手得到了严惩，公安局将尸体留给了学校。

老师把解剖好的尸体都放到停尸池中，需要讲哪个系统，再提前把要用的尸体抬出来，提前放到解剖室另一端的停尸床上。老师讲课都是对照尸体讲解。学生十几个人编为一组，轮流在老师身边听讲。但人多，前后遮挡，老师指的器官位置、走向、通络往往看不清，认识模模糊糊。无奈同学们都采取早晚到解剖室，看看书本，对照尸体自学。那时正值寒冬，窗外滴水成冰，有时寒风呼啸，雪花纷飞，那时学校教师没有任何取暖设备，晚上总有同学冒着严寒，三三两两到解剖室学习，解剖室的灯光几乎彻夜没熄过，放在停尸床上的尸体一般都有两三具，都是用白纱布包裹着头颅和面部。为了获得知识，在零下十来摄氏度的深夜，无所畏惧，在冰冷的尸体上反复触摸，查找各个器官、组织的位置，血管大小循环的通路。手脚都冻麻木了，还坚持几个小时不离开。下半夜两三点就又有同学早起到解剖室学习，有时只有一个同学看守尸体学习也不害怕。我曾跟随同学深夜在解剖室多次学习。

人体的运动系统包括骨骼和肌肉组织。我们学习骨骼组织用的也是真人骨骼。在许昌市北郊，一条河沟旁有一处乱葬坟，因建筑需搬迁，市公安局发过两次迁坟公告，还有一小部分坟没有迁出，公安局作为无主坟处理。学校得知消息，派我们班和中专的一个班前去捡拾。由于年代久远，乱葬坟里多为穷人死后无钱葬埋，没用棺材，只用芦席卷着掩埋，扒开荒冢，什么都没有，只是一抔黄土，只能捡到几块零星的骨头。近年用棺材埋葬的，还能找到完整的骨架。还有几具尸体，骨骼上还有部分肌肉没腐烂掉。我们去买了一口大铁锅，找了些木柴，带到小河边，把尸体骨骼上的腐肉煮下来，在河水里洗干净。这一天我们共捡回十具完整的骨骼，完整的头颅骨十几个，零星的骨头十余袋，都在河水里反复淘洗干净。如获至宝，准备带回去，已是下午三点多。这时从郑州坐火车来了一百多个医学院校师生，也是得到消息，匆匆赶过来。边沿还有十几个荒冢，我们本准备明天再挖，也只好让给了他们。有的人在我们挖过的坟地里，像捡拾红薯一样，用铁锹翻来翻去，反复找我们没有拾净的人骨头。

我们带回来的骨骼，在自来水下，配加消毒液，进一步清洗干净，然后放在高压锅中消毒，细心整理，用不锈钢丝穿出十几具完整的骨骼，十几个完整的头颅骨和身体各个部位的零星骨头，为以后学习和研究带来很多方便和用处。特别是头颅骨，是大脑和十二对脑神经发出的地方，血管神经丰富，面肌众多，头颅骨骼上的每一个小坑、小凹、小凸、小沟、小孔、小棘，都是神经血管经过的地方，生理意义重大，学医必须弄清楚。头颅骨多了，方便了我们对照实物学习，我们常把头颅骨带到宿舍，放到共用的桌子上。有时拿着头颅骨，坐在床上学习，困了累了，把头颅骨放在身边睡着了感觉也无所谓。

在教室里，常挂着五六具真人骨骼，晚上也有同学，对着骨骼学习到深夜，凌晨又有同学早起到教室学习，就像上下班。

我们学习的基础课，有一门很重要的“中医学概论”，用的是中医学院本科教材，精装版，有五百多页，可讲课安排只有八十五个学时。为了学好这门课程，学校聘请地区医院最有名的国医余班吾任教。余老师当时已六十余岁，白白胖胖的，面带微笑，和蔼可亲，是个有理论、有实践经验的有名老国医。解放前在武汉行医时，名望就很高了。他至今还珍藏有带青天的白日旗的国民政府颁发的大国医证书和奖状。解放后他回到许昌家乡到许昌地区医院做国医，经常还有人从武汉坐火车来许昌找他看病。

余老师思维清晰，讲课幽默，他从不看课本，只有一个很简单的教案，偶尔看几眼。

中医理论基础开始讲的就是阴阳五行和八卦。五行即金木水火土的相生相克。这也是医学理论的基础。中医理论听起来很深奥，大多为文言文，难懂，需有古文基础，余老师的医古文就讲得很好，对疾病的形成讲得很清楚，举例形象。但是有时听去又云天雾地，很唯心。比如他对中医疾病雷疠之气的解释，他说："病人临终前呼出的最后一口气就是雷疠之气，它可以飞出去几百里，落地时比炸弹还厉害，能把地上砸个大深坑，落到房子上能砸得墙倒屋塌"。这明显过于夸张，不符合科学事实。对"精神"一词的解释又过于庸俗，讲得女同学都不敢抬头。同学们明知有误，也从不与他争辩，一分为二评判性地接受。为了获得知识，下课后同学们总按他指定的页数认真阅读（一般每节他讲十五页左右），不认识的字就查字典，不懂得文言，大家互相请教商量。

在许昌医专学习期间，大专班和中专班的学生，每人每月的助学金都为十元，每月扣除八块五伙食费，剩余的一块五发给个人作零用。当时同学们家庭大多数都很困难，我的家庭对于我几乎没有任何接济，连寒暑假回家的汽车票钱（许昌到鲁山两块七）也是平时省下来的。当时能到许昌西关饭店，用半两粮票五分钱买碗糊涂面条喝，也是最大的享受。到了冬天，学校没有任何取暖设施，同学们穿的都比较单薄，很少有保暖的内衣，大多都穿着单鞋。我穿的一件秋衣，已经烂得像蜂窝一样，也不舍得丢，仍然洗洗穿在身上。穿着一双解放鞋过冬，两脚常冻得麻木疼痛。回想在那样艰苦的岁月里，同学们团结一心，共同面对困难，互相帮助，坚持刻苦学习，亲如兄弟姐妹，从没发生过一次争吵。老师们都兢兢业业，积极工作，认认真真地教课，和同学们亲密无间，和同学们携手共度艰难。至今回忆，当年那些生活过的也真不容易。但我常常怀念那段不平常的岁月，我怀念每一位老师，每一位同学，怀念那不畏艰难，努力奋斗的精神，我们应该永远发扬。

（2019 年 11 月写于郑州）

忆童年

——在外婆家

我三岁父亲病故，孤儿寡母无依无靠，无奈，母亲常领着我到县城东关的外婆家长住。因此我的童年和少年时期，大部分是在我外婆家度过的。

当时外婆家有三口人：外婆、舅舅和刚过门的妗子。外爷已病故多年。外爷们兄弟四个，我外爷排行老四。

大外爷我有印象，他老实敦厚，为人和善，每天起早贪黑，担个挑子，游走于县城的大街小巷，卖些日用杂货，有时还要跋山涉水去游乡。后来他在城西五十里的下汤镇上租了半间草棚卖些小日杂，一个寒冬的夜里，突发疾病而亡，三天后才被发现，给家里人捎信回来。大外爷只有一个闺女，就是嫁到城东大詹营的我大姨。三外爷领着我大姨、我母亲和我舅到下汤，租了一辆牛车把他拉回来，埋在东关外他家的祖坟里。

二外爷去世更早，生前织“鲁山绸”谋生，我没见过，是听人说的。

三外爷家和我外婆家同住一个小院，在东关南寨门里百十米处。外婆家住东屋三间土墙小草房，三外爷家住西屋三间小草房，门对门。门外各搭了个小草棚作厨房。院子中间有一棵水桶粗的泡桐树，春天满树绽放喇叭状的浅紫色花朵，散发着淡淡清香，很好看。一阵风过后，蔫败的花朵纷纷落下，拾起来淘洗干净，拌点黍面蒸蒸或炒着吃。夏天，枝叶茂盛的泡桐像一把绿色巨伞，罩得满院绿荫，常有鸟鹊停落枝头鸣叫，给贫寒的小院平添了一些喜气和亮色。

两家在东关外校场坑东边各有一亩多土地，也算有地有房，土改时两家都被划为中农。

三外爷身体消瘦，瓜子脸，颌下一撮白胡须，慈眉善眼，总是面带微笑，和蔼可亲，和街坊邻居相处和睦，从无争执。三外婆白白胖胖，高高大大，虔诚信佛，家里供奉着一尊南海观音菩萨，一天三遍上香，敲木鱼，唱阿弥陀佛。

三外爷三外婆没有亲生儿女，一个养女是三外婆娘家的亲侄女过继来的，小名叫花。常言侄女随姑，花姨也人如其名，像我三外婆，身材匀称，富态的圆脸，白里透红，一双虎灵灵的大眼睛炯炯有神，扎一根乌黑油亮的发辫垂到腰下，邻居夸她就像是一朵花。

三外爷家会织绸子。中华人民共和国成立后，东关会织绸子的人家还不少，家里都有织机。成品丝绸由县外贸公司依质量等级统一收购。三外婆一天到晚忙着络丝，花姨扎扎蹬机织绸子，三外爷则腾出时间当粮食交易“斗把”。他每天早早起来赶集，扛一个小簸箩，拿一个量具木升子，刮升子里粮食的竹尺子，到粮食交易市场上当经纪人。他为人和善，不偏不向，买卖双方都爱找他做中间人，说是彭老三人好，办事公道，他的摊前总是围着好多人。集罢回来，他都捎十几个水煎包，半斤油馍头，每次都少不了给我一份。三外婆，花姨也待我很亲。星期天不上学，三外爷会喊我跟他一起上集，帮他收钱，集罢都给我买包子吃，买胡辣汤喝。

住在同一个院子里，两家的信仰却不同。我外婆、母亲和我舅、我妗子都是虔诚的基督教徒，一日三餐，饭前都要祈祷主耶稣的保佑，唱歌颂主耶稣的赞美诗，每逢星期天都要去挪威人建的基督教堂作礼拜。妗子娘家父母也是基督教的忠实信徒，两家老人在教堂认识，结下情谊成为亲家的。我妗子性情良善，贤惠孝顺，只是过门以来身体不大好，家里人希望她早些怀孕生子，我外婆和我母亲为了减轻她的负担，都主动承担起做饭之类的家务，有时我舅不在家，需要到井上掂罐水的力气活更不让她做。

三外爷好脾气，好德行，识大体，顾大局，两家人就像一家人，虽各吃各的饭，各信各的教，但遇事商量，互相帮忙，和睦相处，相安无事，从没拌过一句嘴。三外婆性格外向，大大咧咧，乐观开朗，大嗓门，爱说笑。我外婆则身材瘦小，性格内向，经常愁眉紧锁，闷闷不乐，有时还一个人偷偷落泪，但她吃苦耐劳，从无怨言。

外婆家有一盘小花磨，吃的粮食大多都在家里用花磨拐，很少到磨房去。拐玉米糁，拐麸片，拐炒面，大多都是由我外婆劳作，呼噜噜，呼噜噜，有时能一直拐到深夜。有一年麦熟时节刮大风，麦子粒儿都刷刷落在地里。这一年的麦子只有一半收成，粮食接不上，外婆就经常到卖熟花生的摊前捡花生壳，回来洗净和大麦掺在一起炒焦拐成炒面，搭配着吃。外婆不识字，但她在教堂里学会唱很多歌颂耶稣的赞美诗，每次祷告后都放开声音唱。我母亲在教堂上过学，识字，能读圣经，平时给我讲很多圣经里的故事，像“以色列人出埃及”“圣母玛利亚”“耶稣降生马槽里”“耶稣遇难，耶稣重生”等等。

我母亲心灵手巧，衣服会剪会做，还会织毛衣。我外婆和我穿的都是她一针一线缝制的。我母亲常到集市上称（买）毛线回来，起早睡晚织成大人小孩穿的毛衣，拿到集市上去卖，赚点钱补贴家用，青黄不接时买粮食。我多次跟母亲到集市上卖毛衣，一个冬天早晨，天寒地冻，刮着北风，在南关外九龙碑前的集市上，我俩各拿着一件毛衣，在集上转了一个早上，因为天冷人少，一件也没卖出去，冻得手脚麻木，连路都走不成了。

舅舅一早到晚蹬机织绸，妗子络丝。地里重活，家里挑水也都是我舅干。舅读过私塾，闲了他就到教堂里替信徒们抄赞美诗。他读圣经遍数多了，有时还能替牧师讲道呢。

两家人锅台照锅台，吃的饭差不多，都是糠菜半年粮。早中饭是稀玉米糁或者稀玉米面糊涂，放很多薅来的野菜，像毛叶菜，胡撇嘴，荠荠菜。晚上吃玉米面或玉米糁糊涂面条，放酸菜，就是在菜园里拾的白菜叶或萝卜叶，放在缸里腌成的。

幼时东关寨外，放眼望去全是菜园，但我回忆里却很少买过青菜，连最普通的白菜萝卜也只能在过年时吃上几天。平时吃的菜，都是从菜园畦垄上或地边薅回的野菜，像野云天菜（苋菜），马齿苋，黄黄苗（蒲公英），七嚼芽（小蓟），田菜牙棵（地骨皮），荠荠菜，野红萝卜叶，这些菜都可以炒着吃，也可以生调着吃。当时遇上星期天或者放学早，我也到地里薅野菜。我认识很多野菜，哪些能吃，哪些不能吃，我都辨得清。有些像麦莲子、牛舌头棵，则要经过浸泡焯水才能吃。

我们两家人到菜园地里薅野菜，从来规规矩矩，不动人家一棵菜。我三外爷，我外婆，我母亲都说过，穷要穷得干板正直，不能让人家看不起。

日常生活，由我外婆当家。她省吃俭用，精打细算，平时不舍得让吃馍，就是稀饭拌点炒面，隔几天也会变点花样，无非稀粥煮野菜窝窝，每顿饭的锅巴铲起来放上盐，滴上两滴油，就是优待我的美餐。

那时两家做饭全靠烧柴禾，春秋两季的秸秆存起来，不够烧就到处拾点枯枝，扫些落叶，很少烧煤。那时卖煤的用口袋背着卖，有的用小毛驴驮煤卖，贵得很，烧不起。那时的冬天很冷，房檐的冰凌角长得能挨到地面，再冷，可是两家人屋里也没生过煤火，实在冷得受不住，就偎在被窝里。冬天做饭就把锅台搬到屋里，在屋里烧火做饭，虽然灶烟呛人，但能增加一点屋里的温度。

记忆中最多的还是跟三外爷到庙坡拾柴禾。那时庙坡只有一个庙，坐北朝南，有庙门，有院墙，就是现在的西庙。后来我每次上庙坡，都要在回忆中寻觅跟三外爷拾柴禾的具体位置，原来每年农历三月十一古刹大会，这里是卖杈耙扫帚农具、牛羊猪娃的交易市场。如今这里艾蒿、杂草丛生，北坡边沿沟沟坎坎，枸木，荆棘丛生，茅草、黄背草茂盛，随风摇曳。当年我不过八九岁，从东关出来走的是小路，糊里糊涂跟着三外爷走，曲曲弯弯，经过几个村庄，两道沟坎，足有十几里，到达庙坡已是上午多半晌，外爷用的是大竹耙，绑在一根细木棍上，我用的是小竹耙。三外爷的耙子上系一根绳，往肩上一套开始在东边搂起来，我在西边一小块地上搂，好像划了边界，只在各自的领地内搂。这时的三外爷好像把我忘到一边了，拉着耙子开始放开嗓子唱起来，也听不懂他唱的是什么曲调，一遍一遍重复着唱，唱多了，我也能记得一些词儿，其中有“昔日有个二大贤，弟兄相互让江山，兄让弟来弟不坐，弟让兄来兄不担。”“说是穷来真是穷，腰里束一根稻草绳，走哩（得）慢了穷跟着，走哩（得）快了撵上穷。”三外爷总是面带微笑，不多言语。但他心里好像有很多难言的愁苦。

到了中午，三外爷搂了两大堆柴禾，我搂了两小堆，是些干草叶和干蒿子棍。放下耙子，我们到南坡半腰一处温泉边休息。温泉水面半亩多大，清澈如镜，泉底翻着无数水泡，多余的水顺着水道排入干渠。三外爷拿出布兜里的馍，今天带的是我母亲烙的菜馍，我们边吃馍，边用手捧泉水喝，然后坐在泉边石头上休息。今天天气晴好，云白天蓝。山坡下的大浪河，波光潋滟，一群惬意的小鸟，在坡前往返飞旋，不知叽叽喳喳说的什么，为什么只知快乐，不知忧患。

后半晌，三外爷领我到枸木灌木丛周围拾枯枝和蒿子秆，和原来的柴禾抱在一起。三外爷把他的柴禾捆成两大捆，我的捆成两小捆，各挂在自己的耙子两头，挑着回家。慢慢走下坡，一路上歇了很多次。遇上过桥等不好走的地方，三外爷总是放下柴禾，先把我的柴禾挑过去。待我们到家，已是漫天晚霞，家家屋顶冒着炊烟。

过了一个星期，三外爷领我们到东关外小石桥南边的一块地里拾芝麻茬，外爷用的大芝麻夹，我用的小芝麻夹。那时东关有好几个铁匠铺，芝麻夹是三外爷事先为我订做的。想起来，好像哪里有柴禾，需要什么工具，三外爷都事先了解过一样。这块地里有十几个坟，都较大，荒草萋萋，看上去是有主坟，不是乱葬坟。在其中的两个坟堆之间，有一颗白森森的骷髅头，面朝北，两只眼睛、鼻子、嘴巴成了几个大黑窟窿，怪吓人的。看他的脸庞，像是若有所思，张着的大嘴，像有许多冤屈要诉说。三外爷看了许久，对着骷髅小声说："你的儿女咋恁不孝顺，把你扔在这里，孤魂野鬼，怪可怜人。"

这天后半晌，三外爷拿个小镢头，掂把铁锨，带上两件旧衣服，一个人到那块芝麻地里，找个合适的地方，把骷髅掩埋了。

这个事情已过去六十余年，那个骷髅头的形象总是顽固地在我脑海里浮现，挥之不去。现在的东关外已成为繁华闹市，灯红酒绿，那块地上的坟茔不知迁往何处。后来每次路过东关外，我都会苦苦寻觅那块芝麻地的位置，想起三外爷的善举。

就在我小学五年级上学期的一个早晨，忽然听到三外婆、花姨的哭声，原来我三外爷头天晚上还好好的，夜里不知得的什么病，不声不响竟突然去世了。我慌忙来到三外爷床边，在昏黄的灯光下，看他还慈祥地仰面睡着，我用脸挨着他的脸，冰凉冰凉的，知道三外爷确定撇下我们走了。我母亲、我舅、我妗子都过来伏在三外爷床边痛哭。

随后一天，彭家人和亲戚都过来，我母亲、我舅撇开基督教的礼仪，披麻戴孝，随大家一起，把我三外爷殡在老彭家的坟地里。他们老弟兄四个，依序静静地长眠在祖茔各自的阴宅里。

三外爷五“七”忌日，我母亲、舅舅提前一天就从露峰坡山脚下起回来几株迎春花，栽在外爷们的坟头上，我舅又从校场坑挑了几担水，把新栽的迎春花浇透。

第二年清明节上坟，迎春花在坟上伸展着茂盛的翠绿枝条，绽放一串串金色的花朵，像是外爷们欣慰的笑颜，我们的心情才稍稍舒展开来，得到些许的慰藉。

（2019 年 12 月写于郑州）

忆往琐记

辍学返乡

1962年底，我在许昌医专读完医学基础和临床的全部课程，只差半年的实习时间就要毕业了。当时正值三年自然灾害大饥荒的困难时期，在“调整、巩固、充实、提高”方针的指导下，河南四十二所大专院校只留七所，许昌医专属于停办学校。在“低标准、瓜菜代”的艰苦条件下，同学们忍饥挨饿，仍顽强坚持学习，参加校内各项义务劳动，课余到田间薅野菜，摘南瓜叶交给“伙上”，做菜汤，做菜窝窝。麦秋两季徒步一百多里到舞阳、郾陵农村，披星戴月支援麦收秋播，不叫苦，不叫累。两年多的艰苦岁月里结下了亲如兄弟姐妹的深厚友谊，面临学校停办、学生将被遣散的局面，大家虽觉难舍难分，却也无可奈何，伤感彷徨中各自回到自己的家乡。

我的一生曲折坎坷。“回家”对我来说，即意味着无家可归。我幼年失怙，孤苦无依，跟随母亲寄食东关外婆家，如今我已长大成人，总不能再回外婆家乞食吧。现在我该到哪里去，哪里才是我的家？我祖居城东西肖楼，可那是我的祖父母住过的地方。后来爷爷领着我们一家定居城厢，在西城门里租住秦爷家的一间门面开中药铺，后面的两小间做住房，所谓老家早已名存实亡。

鲁山城关的中心街道东西走向，从东关到西关，正中一条五里长街，只有西城门里这一里长的一段呈南北走向。秦爷家住路西，院子的西墙就是老城墙，城墙上有很多土窟窿，栖居着数不清的麻雀，天不亮，麻雀就叽叽喳喳地把人噪醒了。秦爷家住东屋三间，我家住的是西屋三间，临街是一间朝东的门面。秦爷家做鞋帽生意，我爷爷开中药铺。幼时的一年冬天，三叔抱着我在秦爷家门面房里玩，三叔只比我大七岁，不小心跌倒在燃得正旺的炭火盆上，三叔把我压在炭火上，自己又起不来，危急时刻，秦爷听到哭声慌忙把我们拉起来，但我右胳膊肘周围的肌肉已被烧煳，几乎露出骨头，我疼得整天哭闹，虽用了最好的烧伤药，还是疼痛难忍，夜里难以入睡，母亲彻夜抱着我哭。这次我被烧伤的经过。不知为什么，至今我能记得清，母亲说当时我还不到两岁。

西城门里，是鲁山繁华的商业街。有鞋铺、帽子铺、当铺、丝绸铺、银匠铺等一应俱全，最有名的是八九家铜匠铺。那时鲁山人所用的铜器，如大小铜锅、铜盆、铜勺、铜锁、铜灯，甚至铜铃铛，铜衣扣，各种精美铜饰品，都是这里打造的，连外地的商人也经常来此选购铜货，简直就是“铜货一条街”了。从曙色微现到深更半夜，残月西坠，叮叮当当打磨铜器的声音不绝于耳，如同热闹的打击乐合奏，终日不断。

出城门西就是西关，俗话说：“鲁山城好西关”，西关就是鲁山的名片，是鲁山繁华的象征，商贾云集，店铺林立，五颜六色的布匠丝绸、五金百货、金银首饰、衣服鞋帽、土产日杂、山珍药材，一应俱全。从早到晚，人来人往，市声鼎沸。

爷爷奶奶还有我父亲皆是忠厚善良乐善好施之人，好人缘，好口碑，苍天却没有庇佑他们。我爷爷奶奶都在四十多岁相继离世，生前却清贫如洗，虽是医生，却到处租房居住。我爷爷去世时，我还没来到这个世上，这些都是后来母亲告诉我的。

爷爷奶奶去世后，我父亲就成了家里的顶梁柱。真是祸不单行，不久我父亲又不幸因病去世，顷刻像是塌了天。二叔当时还没有成家，三叔也还是个孩子，凄苦之状不言而喻。母亲就带我去我外婆家生活，三叔在亲戚间漂泊乞食。那时世风敦厚，讲情重义，幼时母亲也常带我到亲戚家住过，不管住多久，亲戚们从不嫌弃。抗日战争时期，河南省府西迁鲁山，我三叔进了政府办的孤儿院，后来鲁山沦陷，省府又西南迁至西峡，三叔也随孤儿院到西峡去了。接着因形势吃紧，省府自顾不暇，就解散了孤儿院，孤儿们流落街头，沦为乞丐。1945 年日本投降后，我三叔久无音讯，我二叔、母亲还有我北关的一个姑爷，结伴一起到西峡去找，十余天后，才在一个村庄上找到他。原来有一好心人家收留了他。那家人待他很好，通情达理。于是顺利地把三叔领了回来。这时我二叔已成家，又送我三叔到城关小学读书。中华人民共和国成立后，我三叔仅十几岁就参加了治淮工作，他跟着我二叔学了点卫生常识，就在治淮医院药房里当司药，后来经过自学，又成为医生，先后在白沙、南湾、昭平台、白龟山、石漫滩等水库工作。

中华人民共和国成立后我二叔在城关联合诊所工作，在西门里路东南买了一间门面房，后面带一个小院，有两间土坯瓦房，当时我已有了上小学的堂弟，住房很紧张。我上医专前，也是长住外婆家，放假回来，到叔父家去也只是礼节性看望。在许昌医专的后一阶段，我担任学校学生会宣传委员，六三内科班和外科班的团支部宣传委员。许昌地区人民医院和学校联合办的红卫周刊，我任编委，每年五一、十一重大节日，对外宣传的校刊都是我编排，每年支援三夏的战地报纸，我担任主编。在学校也算是小有名气。

医专停办，学校教务处袁戊己主任调许昌地区卫生局任办公室主任，他对我很关心，鲁山卫生局程守义局长到许昌开会，袁主任亲自给他交代，希望能安排我，程局长也答应过。当时县卫生防疫站、县卫校、城关卫生院都愿意接受我，可当我再见程局长时，他态度变了，说："袁主任很关心你，说你在学校表现很好，我也很想安排你，可是经过研究，学校停办，你属于下放人员，按政策无法安排。"无奈之下，我去见我叔婶，叔婶答应把后面的房子暂给我隔出一间，让我回去住，悬着的心总算有了着落。

在民政局的日子里

回到二叔家的第三天，在县民政局工作的同学蔡金柱找到我，说有一个追认抚恤的工作很紧迫，要招四个临干帮忙，第二天我就到县民政局上班了。

鲁山 1947 年解放，国民党的残余势力、原先的土匪武装，退居山深林密的伏牛山里负隅顽抗。抢劫民财，残酷杀害基层农会干部。追认抚恤就是为解放初期牺牲的农村干部落实政策的一项工作。这项工作很严肃，不能出现一例差错。工作的活动范围主要在山区。当时山区没有公路，翻山越岭、跋山涉水，走的全是曲折坎坷的山间小道。一天我们要到交口村去，一直沿着山根儿弯弯曲曲的小河边走，绕来绕去两边是茂密的柳树丛。当地谚语“南召到鲁山，七十二道脚不干”说的就是这条路。

解放初期，土匪在这一带的横凉河、雁鸣庄村杀害的农会干部就有十几个。一个月黑风高的冬夜，土匪突袭交口村、横凉河、雁鸣庄，把十几个农会干部绑在横凉河边的一排柳树上，残忍地砍下他们的头颅示众。

我们一行四人继续往西北方向的团城山中的鸡冢乡走。路过熊背乡政府，秘书介绍了这里的情况，给我们写了介绍信，并在电话上安排了雁鸣庄的一位年轻村干部给我们作向导。时隔五十年，还记得沿途山林叠翠，竹林幽幽，河水清澈，鱼群畅游，山花烂漫，白云悠悠，仿佛走在美丽的画屏中。后来我们进入一道空阔的河谷，更像是世外桃源、人间仙境，两岸青山如黛，河水澄碧。三三两两的人家，虽是草棚茅屋，但鸡鸣羊叫、炊烟袅袅，别有情趣。这里河滩上的鹅卵石多呈赭红色，有几处河滩，沙粒却洁白如银，两岸的青石崖壁，斧劈刀削一般。向导说，这条河叫红河谷。我们沿着荒草萋萋狭窄的小路往上走，经过多处流泉飞瀑，瀑流喧哗声震山谷，瀑布下注的深潭乌黑神秘。就这样沿河岸走了二十多里才出了峡谷，仿佛走出一座围城，眼前豁然开朗，天蓝云白，海阔天空，远处层峦叠嶂，如列翠屏。这就是伏牛山脉的团城山，鸡冢乡就坐落在群山中央。

我们到达乡政府已是后半晌。乡政府在村中的一个四合院内，有砖砌的高大门楼和围墙，原是地主的宅院。吃过晚饭，我们就在乡秘书的房间聊天谈工作。据秘书讲，解放初期团城山里土匪猖獗，气焰嚣张，烧杀抢掠，无恶不作，最多时，南召、鲁山、方城、拐河、宝丰的土匪都聚集在这里，光天化日，竟敢在团城山里叫各自司令的牌子，到夜里更是肆无忌惮，到各村拉牛，杀猪宰羊，杀人放火。有的农会干部全家被土匪杀光，大人小孩一个不留，斩草除根，有的被拉到河里乱石砸死，残忍到极点。

一天深夜，土匪偷袭鸡冢乡政府，当晚乡政府只有三个人，现在墙上留下的很多枪眼都是土匪打的。当时的围墙结实，土匪攻不开，一个土匪就爬上墙头射击，乡武装营长就住在乡秘书这间屋子，他借着月光倚着窗户朝土匪射击，土匪中枪倒向墙外，土匪们高声呼喊：“替司令报仇!”十来个土匪翻过墙来疯狂射击，乡长、文书在战斗中牺牲，武装营长被围后自杀身亡。

团城山里有一个匪首张铁猫，本来是个一贫如洗、老实巴交的农民，曾被选为村农会主席，一度工作积极，后来受到土匪的蛊惑，投敌叛变，受到匪众的推崇，成了当地最大的匪首，烧杀抢掠，无恶不作，猖狂，残忍。原来和他并肩工作过的农会主席都被他残忍杀害了。其他地方的土匪气焰也极为嚣张。马楼乡南山里另有一支土匪武装，疯狂猖獗，经常在夜里下山，到平原地区袭扰百姓，杀害农会干部。1948 年春季，解放军正副连长，在城郊附近招新兵，由于麻痹大意，被坏人钻了空子，错招了一个反革命分子，还任命他为排长，给马楼南山的土匪作内应。在一个深夜，马楼南山的土匪，在反革命分子的接应下，偷偷摸摸到解放军干部住宿的村子，掳走了两个连长，并一同掳走了新招来的十几个新兵。带回南山后，两个连长受尽残酷折磨后被投进红薯窖，放火活活烧死。县公安局警察大队组织警力进南山围剿，打死了十余个土匪，解救了被掳去的新兵，一匪首和这个反革命分子却成了漏网之鱼。直到一年后才在南召被抓获，押回鲁山，被依法镇压。

追认抚恤工作历时一年零三个月，工作范围不仅涵盖山区，还牵涉到张官营、张良、滚子营和马楼这样的平原乡镇，可见当时土匪活动的猖狂和剿匪任务的艰巨。工作结束后，县民政局对这段工作做了认真的总结。李明仁局长，铁鸿博秘书对我的工作一致表示认可，多次提出表扬。但由于当时政策所限，对我正式入职的问题一时仍无法解决。

婚 事

1963年12月农历初六，我和玉珍喜结良缘。之前我们互不相识，她从鲁山六中毕业，不曾与我同校。她外婆家住鲁山东关，与同住东关南寨门里的我外婆家是近邻。我母亲比她母亲大几岁，从小一块长大，姐妹相称。她外婆家门前有块小菜园，夏天种着搭架的山药，架上爬满绿秧，结满圆滚滚的山药豆，我一个人常跑过去玩，还偷偷摘过山药豆呢。她外婆家住菜园北边，地势较高，三间北屋草房，黄土夯打的院墙，墙外空地上从春到秋开满五颜六色的花朵，有一种叫粉豆，密密麻麻，参差错落，能长一人多高，整个夏天，从上到下满是红黄的花朵，甚是好看。

玉珍外婆家有五个舅舅一个姨，热热闹闹的一个大家庭。小时候我也在她外婆家玩过，一家人对我都很亲热。玉珍娘家姓梁，祖上是从山西洪洞县大槐树移民过来的，在当时还是荒无人烟的一个小山坡上定居下来，开荒种田，繁衍生息，这个坡后人就叫它梁家坡。待玉珍她母亲长大后，就嫁到城东十公里佛岭北边的这个小山村梁家做媳妇。

1958年，县公安局把炸药库建在梁家坡，她一家人被迫搬到临近公路边的佛岭村张姓人家腾出来的牛屋里。当时正值大跃进大炼钢铁“放卫星”，一家人白天锁上门，到几十里外的大河里淘铁砂，待晚上回来，屋门洞开，被褥、衣物被盗一空，连件衣服一条床单也没留下。于是他们这一家就成了佛岭村最贫穷的家庭，冬天亲戚们拿来几条旧棉被、旧衣物才勉强捱过寒冬。1959 年，玉珍父母领着一家人暂住到城东关她三舅家的三间草房里。1963 年待县炸药库从梁家坡搬走，她们一家人才回到梁家坡的家里，老屋黄土打的厚墙，房顶苫着野生的黄背草，冬暖夏凉。

母亲常念我自幼失怙，孤苦伶仃，想要我早点成家，给我找个老实善良的姑娘作媳妇。我和玉珍的婚事就是两家母亲同住东关时商定的。我将此事禀告了叔婶，两位老人也表示同意。这期间我俩都一贫如洗，母亲让我把珍存多年的五尺黑斜纹布交给她，算做聘礼。接着我俩一起到城关镇民政科领了结婚证，婚期订在（1963 年）农历腊月初六。近亲朋友听到我结婚的喜讯，都来祝贺。那时人穷，礼金很少，多的三元，少的二元、一元。贺客都是由我叔婶接待的。我在城关的几个同学也带着从书店买的字画来祝贺，狭窄的新房里都贴不下了。

初六清晨我早早起来洗漱完毕，用一条红毛巾包上叔婶买来的两包点心，用一个红布兜提着去接亲。从县城西门里出发，徒步当车，穿过城关五里长街，出东关，再迤逦东行二十里到了玉珍的娘家梁家坡。玉珍也是早早就起来，就坐在佛岭公路边街旁的一处石阶上等我。

虽是寒冬时节，但这天却风和日丽，也算上天照应。待红日升起，看见我从西面山坡下缓缓走上来，她忙站起来上前迎接，两个年轻人见了面，虽然有些羞涩，但都满怀抑制不住的喜悦与兴奋。她接过点心，说："不要再往家送了，往返一趟要七八里，都是小路，耽误时间，还是带回城里家里去吧。"我们下了山坡，并肩朝县城走，一路上说些如何安排今后生活的话。走到老家西肖楼，让她在大路边等着，我拐到村上我大伯家，把两包点心交给我大伯母，并让我的两个堂妹陪着我俩一起进城去。

一行四人回到西城门里的家，已是上午十一点，门口既没人接，也没放鞭炮，只是在大门口和小院里贴上了红喜联。

中午请个厨师，就在家里安排了三桌饭菜，那时生活尚不富裕，一切从简。晚上，有七八位同学和民政局的两个同志到家来祝贺，我备了瓜子、糖块、甘蔗、烟酒招待。婚礼虽然简简单单，但也不失喜庆。

三天回门，我和爱人仅带了两包点心。那时城北大礼堂至城东五里堡新修了一条土大路，绕过老县城，就是现在的人民路。我们结婚时，因没有什么准备，程序过于简单，事先没有告诉东关的亲戚们，怕走东关和亲戚们碰面不好交代，就选择来回都走这条北大路。

旧居新家

婚后，我和爱人对叔婶克尽孝道，我每月工资三十元，除交给叔婶十五元，每次从工作的山里回来，都要买些鸡蛋。一日三餐，餐后洗涮，我爱人都主动上前。半年后我在民政局的工作也结束了。在城关暂时找不到固定的工作，住在我叔婶家又确实拥挤。就把想另住的打算先告诉了叔婶，他们也答应了。

中华人民共和国成立后，我和母亲从外婆家回老家西肖楼暂住在我大伯父家。土改时我和母亲分到一间瓦房和五亩地，房子在村子后街西头刘老四家大车门院内，地在村南十字路南。

西肖楼的几家财主都姓刘，那为啥村子又叫西肖楼呢？据说在一百多年前，这里住过一家姓肖的大户，曾盖起一栋小楼，后来兄弟在大浪河东岸又盖起一栋小楼，人们以大浪河为界，把河西的叫西肖楼，河东的叫东肖楼。后来刘氏家族在这里兴旺发达，成了财主，而肖氏家族现在西肖楼还有十几家，都人丁兴旺。

村子北街住着四家财主，是一家兄弟分开的，一户住东头，三户住西头，彼此相邻，都有四顷多地。从东至西，刘老大有一座大车门院；刘老三有一座二重门楼的四合头院；刘老四也有一座大车门院；刘老二家住村东头。在我幼时的记忆中，刘老大、刘老二早已过世，家里都是老夫人当家。这几家人没有劣迹，没有民愤，待人还算和善，口碑不错。这几家没人从政做官，只有老大家有个叫刘永安的儿子当过县师附小的校长，中华人民和共国成立后离家在许昌做生意，从此再没回过老家。两家所谓的大车门，就是两座砖砌的门楼，每逢赶庙会或走亲戚，佃户就备好牛车，扎上席棚，接送老夫人和她们的家人，也够耀眼排场的。三家数刘永安家院落最大，有一个西跨院和前院，住着两家大佃户，东跨院是一处高大严谨的四合头院，住着他们一家，还有粮仓。中华人民共和国成立初期鲁山县二区政府就设在这里。我记得有一天上午，刘老大家前院里摆满了花花绿绿的被褥和衣物，让村上人随便拿，这就是土改斗地主分浮财。去的很多人，只看不敢拿，最后村上几个工作员硬是拿着衣物往在场人的手里塞，半晌才把衣物分完。

这老刘家三家的后院是相通的，组成一个共同的后花园，紧挨着北寨墙根儿。园子里种的有竹、桃、杏、梨、桑，还有无花果、月季、夹竹桃……花木扶疏，庭院深深，让幼年的我感觉幽寂阴森。不知道是谁编造了很多诡异吓人的传说，说是大白天见有大闺女小媳妇在花园里嬉笑玩耍，见人去了，又倏忽消失不见。又说是夜里听见花园里有女人哭，女人笑，让人毛骨悚然。更有说夜里去后花园竟和一个媳妇撞个满怀，感觉寒气逼人。刘老三家的五间上房屋盖得又高又大，有人说夜里听见有人唱戏，大白天见有女人坐在房梁上，只能看见穿绣花鞋的两只小脚……总之说得有鼻子有眼，活灵活现。

我和母亲在土改时分的那间瓦房，就在刘老四家东跨院三间过屋的一间西屋，在后院花园内挨着西寨墙根儿又分了一小片宅基地。在准备回西肖楼前，我和爱人抽空回西肖楼打扫过这间老屋。房子多年没人住，积尘盈寸，蛛网封门，满屋黢黑。我俩经过一番清扫，又从县城杂货摊上称了五斤旧报纸给墙上贴了一层，才觉得眼前一亮，旧居焕然一新了。

土改时我和母亲分到的两把木椅，一张旧木床，一张二斗单桌，在我进城上学时拉到外婆家使用，现在我母亲又让我舅用架子车拉回来，重新摆放到屋里。在同一天的上午，我和爱人在城里“七一楼”土产商店买一套小型的锅碗瓢勺，刀具和小案板，带回西肖楼。

1964 年 8 月，我和爱人就要回老家西肖楼居住。叔婶一再挽留，我和爱人都从内心里真诚地感谢叔婶收留我们的恩情。最后我们带着一床被褥和我爱人的几件衣服，捆成一个包袱放到自行车后座上，含泪和叔婶道别，叔婶也两眼含泪送我们出门。

巫医喜叔

路经土产商店，买了一条新席带在车上，我推着车子，和妻子一路步行回到西肖楼老屋时已临近中午。同院的李三奶、范三伯、袁四母、冬叔、冬婶都过来看望，东院我大伯、大母、大奶奶也都过来了，还端来一盆好面（麦面），一盆玉米糁，交待头两天吃饭都到东院他家去。院里有个特殊的邻居叫李喜，我叫他喜叔，三间过屋我住西头，他住东头，我的门朝过屋开，他的门朝南开。他是个远近闻名的“神汉”，四十来岁，原先留一头过耳长发，现在改成了短发。他见我回来特别高兴，坐在我身边问长问短，她母亲六十来岁，我叫她李奶，是个半瞎，摸索着还能做饭。李奶也过来亲热地拉着我爱人的手拉家常，让我和爱人备感亲切，心里舒展了很多。

喜叔原先有个令人恐惧不解的癖好，他夜晚不在家里住，却住在村外乱葬坟里，每天洗脸漱口就用村头大坑里的水。现在听说生活习惯有了很大的改变，也参加生产队的劳动了。不知他有什么特异功能，一个大字不识，居然能给人看病，而且求他的病人络绎不绝，除了平民百姓，还有乡村干部，甚至有外县人慕名远道而来。他性格耿直，待人和善，同情穷人，从不巴结权贵，一心为病人看病，拒收病人钱财。痊愈的病人为了感谢他，或送一包点心，或给他做对鞋、做件粗布衣服作为酬谢，他也会收下。他看病不分时间早晚，不分地点，家里或田间地头，只要见到他，随到随看。

他看病时先对病人详细问诊，观望病人五官、气色，伸手看手掌纹络，然后在肩、背或疼的部位拍打几下，交待病人回去后在某个方位，每天磕几下头，上几炷香，有时也会给病人说个小单方。如果他知道这是个地方上的头头脑脑，会交待说："回去给老百姓多办点好事，神就保佑你，你的病很快就好了。"说也奇怪，很多在医院看不好的病竟被他看好了，其间的道理，我虽是个学医的，却也讲不清楚。喜叔看好的病人确实很多，而且被说得很奇，而他自己才六十来岁就去世了。他去世后，远近的乡亲怀念他，甚至把他美化成神，说李喜还在我们周边村庄游走，照看四方平安。鲁山庙坡西庙的东厢房里，有人根据李喜生前的模样，塑了一尊药王爷的神像供奉，香火鼎盛，受到信众的膜拜。我想起诗人臧克家的诗句："有的人死了，他还活着……"活在众人心里。巫医李喜就是这样，虽死犹生。这是后话了。

我这天回来，碰巧喜叔在家。长期以来我精神压力很大，虽然夫妻相濡以沫，共渡时艰，可还是经常失眠头疼，显得憔悴消瘦。喜叔看在眼里，安慰我说：“孩子，您俩都面带福相，以后我和神都会照看您，您会过上好日子的。”喜叔的话给了我俩很大的鼓励和安慰。

两个人的世界

我和爱人谢绝到大伯家就餐，开始自己生火做饭。我俩回来之前，我母亲和舅舅先回来做过安排：屋里放一个小缸盛水，两个旧瓦罐，一个装好面，一个装玉米糁，还有一小盒盐、一小瓶香油，搁在案板旁边的小桌上。

南场边上堆放着生产队的玉米秆，我和爱人背回两捆。大门外西侧就是生产队的三间牛屋，牛屋有一副公用的水桶，我随时可以用。暂时没有灶火，没有锅台，就找来三块砖头，往过屋里一支，放上小铁锅，也能凑合着做饭。

邻里长辈和同辈兄弟姐妹，对我们小两口都很热络，这是多亏了我爷爷奶奶、父亲生前在村上为人忠厚、善良积下的阴德。母亲人缘又好，才为我们新生活的起步铺平了道路。小时候村上人都喜欢我这个机灵听话的好孩子。五里堡小学成立花棍队，我是队里年龄、个子最小的一个，但我的花棍打得好，花棍队叠三层高的罗汉，我是顶层上唯一的一个。那时乡下文化生活贫乏，这类据说是四十年代延安一带流行的乡土节目，同样受到解放初期中原百姓的喜爱，我也顺理成章地成了乡亲们眼里当然的“童星”。

我是独子，也许有人会以为我是娇生惯养长大的。可我应是“娇生”，但绝非“惯养”。父亲去世早，母亲的关心爱护虽无微不至，但对我的教育还是很严厉的，我对母亲也是敬畏有加。我自小养成了勤劳的习惯，干活从不偷懒。课余时间，我在村东头老史家东墙外，挖了三个小粪坑，每天早晨，我都摸黑起来，挎着小箩头，拿着小铁锨，到村上拾猪粪。从后街拾到前街。那时各家的猪都是散养的，到处乱跑，猪粪也多。有时起得过早，天黑看不清是砖头还是猪屎，就用手去摸，常摸得手上都是猪屎，就到大坑里去洗一洗。我还利用星期天铲些草皮，倒在粪坑里，浇上水，和猪屎一起沤。

村上有七八个年龄比我大的哥哥，星期天常结伴到六里外的肖老庄坡上拾干牛粪，回来当柴烧，然后把粪灰作肥料。我每次都坚持和他们一块去，一路上他们都热心帮助照顾我。

麦收时季，天蒙蒙亮，在“吃杯茶”的叫声里，我跟母亲就和村上的小朋友们到地里拾麦子……

我爱人在兄弟姐妹中是老大，自幼勤劳善良，任劳任怨，孝顺父母，怜爱弟妹。上述经历，对于刚刚开始新生活的我们这对年轻人来说，虽然不乏艰辛，却也是一种历练。盛夏酷暑，玉米地的二遍地已经锄完，我们就跟生产队的一些妇女到四岗北边的坡地上，薅红薯地里的草，翻红薯秧。或是到村南生产队的一个大菜园里种菜锄草。

常来菜园干活的还有刘老三、刘老四两个地主，我们是一个生产队的。当时他们都已六十来岁，从气质上看，两个人根本不像什么财主，刘老三个子高高的，读过私塾，举止言谈文质彬彬，对人和蔼，总是面带微笑，我尊称他刘三伯。我和他一起在南地种葱，他给我讲过几则古代的历史故事，也流露一些消极悲观的情绪，哀叹人生苦短，命运无常。他就住在我的前院，土改后住到刘老四家的两间瓦房里。我去过他家，屋门外的白灰墙上，写满了“夜梦不祥，写在西墙，太阳一照，化为吉昌”的偈语。刘老四则有点驼背，个头较矮，有些猥琐，待人也很和善，我尊称他刘四伯。他好像读书不多，闲时就背着粪箩头，村里村外来回转，他住的屋门外旧白灰墙上什么都没有写，是不是他没做过什么不吉祥的梦？

西肖楼自然村有三个生产队，一百多户，五百余口人，是一个较大的村庄。队长是个转业军人，为人正直，办事认真。我回村月余，大队书记（朱）长福叔找着我，让我担任大队主办会计，因我对会计工作一窍不通，就在生产队当一名记工员。闲时还利用我在医专学到的一技之长给人看病、针灸分文不取，深受乡亲好评。

农村卫生条件差，杂草丛生，蚊蝇孳生，落黑煤油灯一亮，只见墙上满是黑压压的蚊子，屋里一片飞蚊的嗡嗡声，根本无法安睡。我和爱人就到村外割了一架子车艾蒿回来，摊在前院空地上晒成半干，辫成艾条，擦黑儿在屋里点燃，不但能驱赶蚊蚋，还净化了空气。

喜叔的母亲李奶，半瞎，做饭不是很方便，很多时候都是喜叔自己做。有时他不想做饭了，就在我们这里吃一点，早晚回来喝个茶，也在我们这边。喜叔和李奶，衣服需要缝补，都是我爱人主动帮忙，两家人亲如一家。

我原本没有一点积蓄，但我和爱人的生活理念是一样的，人穷志不短，要活得有尊严，哪怕三天不揭锅，也要笑脸出去。亲戚们确实有表示要接济我们的，都被我们谢绝了，只把这份真心诚意记在心里。偶尔向邻居借一瓢面，一瓢玉米糁，一勺油或一勺盐，我们都清清楚楚记下来，有了就赶紧还给人家，我爱人为人厚道，还人家面的时候还尽量把面按实些，要比借来的多一些。

人生小插曲——执教花絮

1965 年元月，城关卫生院培训乡村医生，于院长亲自邀请我去当老师，我也不好拒绝。教室设在卫生院的三间老上房屋里，有二十来位学生，都是街道的原赤脚医生和背药箱巡诊的卫生员。有一定的实践卫生知识，但缺乏医学基础知识。于院长明确让我讲医学基础课。我给他们讲人体解剖生理学、微生物学、寄生虫学、药理学、常用的生化检验知识。他们学得很认真，很专心。整个教堂过程成了我一个人的独角戏。于院长和医院全体职工、几个有名的老中医都抽空过来听。有几次晚上讲课，三间屋子都站满了人。我讲的课得到大家一致的认可。到 10 月份培训班结束了。但这仍是个临时工作，于院长一再承诺待明年一定设法正式安排我到卫生院工作，我知道这许是安慰我的话吧。

11 月份，在教育局任人事股长的李自忠老师，得知我仍没正式工作，便亲自上门，说教育局有几个正式的教师指标，但只能享受中专毕业生待遇，每月工资二十九元五角，问我是否愿意就职，对未来茫然的我也就欣然接受了。我先到城东辛集乡报到，乡教育办分配我去蜂李村小学。当时该校五年级的班主任老师调城厢完小任教，让我接替他的工作，教五年级的语文、数学兼班主任。全班有三十六个学生。学校是个完小，有近三百个学生，六个班级，有五个公办老师，两个民办老师，平均一个老师一个班，其中徐老师负责学校全面工作兼教全校体育课。学校校舍简陋，是清一色的草房，上屋九间，坐北朝南，东、西屋各六间。学校南面宽敞开阔，往南一百多米有个大水坑，满池莲藕，夏天荷花盛开，清香四溢。再往南五百米左右就是碧波荡漾的沙河。大水坑北边一个篮球场做学校操场，由大队负责修建，一则为学生使用，还因为村上有一帮年轻人爱篮球。教室前有成排婀娜婆娑绿荫匝地的垂柳，学校背后五百多米处就是大浪河。大浪河两岸杨柳依依，河水清澈幽深，鸭鹅成群，经我家西肖楼弯弯曲曲流经这里，再往东约五里许，于程村西南注入鲁山的母亲河沙河。沙河是淮河水系的主要支流。蜂李村就在这两河交汇的三角地带上。这里土质肥沃，盛产菸叶，在所属的四个自然村外，各建有一排整齐的炕菸房，但乡村经济依然落后，校舍破败简陋，没有老师专用的办公室和住室，只能在自己负责班级教室的后部，放一个办公桌，搭一张床。讲台上放一张课桌，学生的课桌是统一做的，一尺宽六尺长的长凳子，根据年级的学生年龄，高低有所不同，凳子都是学生从自己家里带来的。我的一张床就放在五年级教室的东南角，床前一张办公桌，放一盏带罩的煤油灯。在教室的北面墙外，是一片老坟场，二十来个大坟冢，荒草萋萋，松柏蓊郁。坟地里黄鼠狼很多，坟头上多有黄鼠狼打的洞穴。一到冬季，就有人在坟边整夜守候，用黄鼠狼筒和兽夹诱捕黄鼠狼。黄鼠狼皮是贵重裘皮，尾巴上的毛可以做上等的“狼毫”毛笔，逮黄鼠狼可为贫穷的乡下人增加一笔可观的收入。一个逮黄鼠狼的年轻人煞有介事绘声绘色地告诉我，他一天夜里看见从坟里出来两个大闺女，把所有的黄鼠狼筒掀翻，把兽夹都扔出坟场外边去了。

我到校后一个多星期，就在贴近五年级教室的北墙外，埋了一个新坟，又高又大，坟上放满花圈，头三天的深夜和黎明时分，总有凄厉悲痛的哭声，我本来胆子就小，夜里竟吓得睡不着觉，就用被子盖住头，想一想，隔着尺把厚的墙外就埋着个刚死的人，简直是与鬼为邻，不禁毛骨悚然。即便勉强睡着了，却常做噩梦。白天精神总是不好。多亏得到六年级张老师和学校负责的徐老师的鼓励安慰，我对环境才慢慢有所适应。

我从家到学校，若走大路，正东到辛集，再正南到程村过两道小河才能到学校，加起来有十五公里。若走小路，恰好是一个三角形的斜边，只有九公里多。我原有一辆自行车，坏得无法再修，干脆不骑了，来往都是步行。星期六下午上罢两节课，学生下学，我还得把当天学生的数学语文作业批改完，才能回家。有时动身，天已擦黑。如果是秋冬，天黑得早，常常一个人摸黑在小路上行走。两边是一米多深的玉米地，风中玉米干枯的叶子飒飒作响，有几处小路就贴着高大坟冢的边沿走，不由得就心慌意乱，紧张害怕起来。走到小河张，村东有一条大浪河，河上一座小石桥，听村上老年人讲一段故事，大概是临近日本投降的1945年初，一小队鬼子骑着马从鲁山县城出来，走到这里，在小石桥两边河滩上停下来休息时，天空轰鸣着飞来两架飞机，鬼子兵误认为是自己的飞机来投给养的，纷纷在河滩上铺上被单，欢呼跳跃，哪料是中国的飞机，对鬼子一番轰炸，二十多个日本鬼子和所有马匹全部被炸死了。远近的群众都赶来看，拍手叫好。尸体无人掩埋成了无数野狗的美餐，最后剩下一片白骨。我摸黑走到这座桥边，听着哗哗的流水声，只见河岸树影摇动，想起老人讲的故事，禁不住毛骨悚然。过去桥沿河边的一条小路往北走，虽是土岸，却状如悬崖，有几丈深，下边就是湍急的大浪河，白天也得小心点，何况是夜晚。有一天下午，我到学校去，就遇上一个老妪从小河张弹棉花出来，走到此不慎跌到河里淹死，家里人赶来在痛哭呢。晚上到家已经八点多钟，孩子早已睡下，爱人还在煤油灯下做针线活，饭还盖在锅里温着，等着我回来，她才和我一起吃。

教学中我发现班上学生的语文、数学基础都不好，作文错白字多，内容空洞，语句不通。于是我强调每周写一篇作文，每两天写一篇日记。数学每天留的作业也多，我在煤油灯下批改，常常到深夜。入夏乡下蚊蚋成阵，酷热难耐；冬夜寒风透过糊窗纸的缝隙，吹得灯光忽闪明灭，这时心里不免紧张害怕，但我总能克服恐惧，坚持把作业改完。

五年级课程结束，我随所教班一起升入六年级，仍担任他们的班主任。那时学校没有专业的音乐老师，唱歌由班主任边学边教，星期天我进城找我熟悉的音乐老师学唱革命歌曲，像《大海航行靠舵手》《毛主席的书我最爱读》我都能唱得很标准，还能帮其他老师上音乐课。一分耕耘一分收获，我教的这个班，后来全部以优异成绩升入辛集中学，受到蜂李村委会和学生家长们的赞赏。

1969 年初，我调入鲁山张店高中任高一语文老师。我努力钻研业务，学习同行的教学经验，认真备课讲课，乡教育办组织观摩教学，三次听我的课，受到老师们的认可和好评。1973 年 5 月，我调入鲁山张良高中任校医兼六个班的生理课老师。

1973 年鲁山县一高复校，张良高中校医赵医生是一高调来的，又回一高去了。张良镇系鲁东平原经济重镇，盛产蔬菜，尤以张良姜闻名遐迩。张良镇与其东数里之遥的萧何村和韩信村，据说是楚汉相争时，刘邦的这三个重要将相曾安营扎寨的地方。张良镇人杰地灵，历史悠久，文化积淀丰厚。当时的张良高中有六班高中，一班职高，九班初中，在校师生一千多人。凑巧的是，我在县一高读书时教我生物课的刘孝义老师和我同时调来，担任校长，师生相聚在这里，都很高兴。刘老师家住城关，距张良镇二十公里，我的家在大浪河边，距县城有五公里，加起来我距张良有二十五公里。但我们约定还是来去结伴同行，每周六下午第二节课后，我们一路骑自行车回家，周日下午他在家等我，我们再一路回学校。当时我的工资是二十九点五元，1966 年“文革”开始后，机构瘫痪，我的转正手续一直没人办，直到 1985 年初才办了转正手续，月工资定为三十四元。难以形容这一路走来的艰难困苦，酸甜苦辣。我经常工作在外地，家里撇下我爱人一个人含辛茹苦抚养儿女，很多时候，她还要带着幼小的孩子参加队里的劳动。我母亲在四岗做加工饭，无论多忙多累，每天都要找时间回家给孩子带点吃的。有一次夜已经深了，还是阴天，没有星星月亮，她一个人摸黑回来，对门的供销社饭店杀羊时杀出几个胎羊娃，免费交给我母亲，她加工煮熟后赶忙拿回家去。这时孩子们都已入睡，她就把孩子们叫醒，那时孩子们经常忍饥挨饿，都睡眼惺忪地坐在床上，一人分一块大口地吃起来，一会儿就吃完了。像这样，很多次很晚了她都摸黑回来，我和爱人担心她的安全，一再劝阻她天晚了不要回来，可她惦念孩子们，白天客人多，离不开，还是经常在晚上回来。我虽然工作忙，但无时无刻不膺记着母亲、爱人和孩子们，每到周末没特殊情况都会坚持探家。

周末回家路上，如果天早，我还会薅一小捆青草带在车子上，喂家里那一只棕色的奶羊。奶羊生了一只小羊羔，非常可爱。儿女们放学回来，都喜欢牵着它到村外田边吃草，晚上就拴在窗外垒的羊圈里。刘老师体谅我家生活困难，每次都帮我薅草。

第二年春天，从马楼到张良这一段五公里的公路因路面损坏严重，要整体翻修，暂时改道走孙庄到张良，这是一段土路，下点小雨就泥泞难走。张良西营外有一条小河，原有的漫水桥也要拆掉重建，那时修路基本都靠人工，进度很慢，一修就是半年多。几次下雨后我们回家，过西营河得扛着车子趟水过去。上了绕道的土路，泥泞不堪，有几处车子骑不成，只能慢慢推着走，走十几步车子就转不动了，我们就各拿一根小木棍，戳掉沾在轮子上的厚泥才能继续前行。这样，从学校到家要走两个多小时，有时到家星星都出来了，爱人和孩子们也早已进入梦乡。

母亲的新生活

1964 年秋收以后，母亲从东关外婆家回到西肖楼，一家三口挤在一间屋子里很不方便，母亲只好暂时借住在我大伯家。后来征得生产队同意，在四岗我们生产队地边盖了一间小草房，母亲才搬过去安身。

四岗位于西肖楼村东大浪河东岸，西距鲁山县城五公里，系庙坡余脉，原是个荒草萋萋的坡岗，据说从前住过一户姓司的人家，故称司岗，现在人们都谐音念成“四岗”了。鲁山通往宝丰、许昌、郑州的公路都经过这里，是鲁山的东大门。四岗往北十五公里，一条沙石路通往梁洼镇，梁洼产优质主焦煤，且储量丰富。梁洼生产的黑陶也闻名遐迩。因此四岗的区位优势也显现出来。

四岗一带建有不少小窝棚，成为这一带独特的风景，临路各家做着各种小本生意，有卖日杂小百货的，有卖火烧、油馍、胡辣汤的，更多还是做加工饭的。

当时母亲已年近五十，虽然消瘦一点，但没什么病，你让她什么都不做，她会闲得着急，于是也像邻居那样给过往商旅做加工饭。那时候人穷，或有驴驮人背或用架子车到梁洼拉煤的，也有到梁洼贩卖水果蔬菜的，还有从梁洼贩运黑陶器缸盆碗罐到外地出售的。总之这一路上，从早到晚汽车、马车、架子车往来如织，络绎不绝。就这样，四岗成了中途的一个歇脚站，逐渐繁荣热闹起来。供销社虽在公路交叉口开设了商店、饭店，但卖苦力的穷汉为节省开销，出门时会带上烙馍、干面条、玉米糁之类，到四岗做加工饭。加工的人家给你加工，收取相对低廉的调料、加工费，最贵也不过一毛钱，单喝一碗茶才一分钱。我母亲刚做加工饭时，起早贪黑一天也不过卖三两块钱，除去买煤、买水的本钱已经所剩无几。后来母亲还顺便卖点卷烟、火柴之类，南阳生产的“白河桥”牌香烟卖得最多，一盒烟零卖二角，可赚二分钱。那时很多拉脚汉，整盒烟买不起，抽一根买一根。母亲做饭兼顾小买卖，辛苦极了。母亲是读过书的人，平时很注意个人卫生和仪表，现在做饭烧烟煤，烟熏火燎的，手脸都成了灰黑色，白布衫也变成了灰布衫。我们心疼母亲，说生意不做了，可母亲还在坚持。就这样，母亲还时时膺记着我们，每天晚上一定回西肖楼来看看，捎两个买的蒸馍或火烧。有时拿点蔬菜或是一小块熟肉。刚搬到四岗时可谓家徒四壁，后来母亲用挣来的钱陆续添置了盛水的排缸、大小陶盆、案板、刀具、小凳子等。

落难的老师

四岗地势高，打不出水，吃水靠从大浪河里拉。从河边到四岗，走的是一条废弃的沙石老公路，要经过一里多长的一段漫上坡，经多年雨水冲刷，路面凹凸不平。盛水的汽油桶称“油海”，固定在架子车上，拉一桶水是三角钱。有专业拉水的，上坡时套一头小毛驴拉稍，或须雇人在后边推着上坡。

从四岗到梁洼矿区这十五公里的沙石路上，每天从早到晚，甚至连刮风下雨，都奔波着无数拉煤的人。这其中就有几位我熟悉的因划“右派”而落难的老师。母亲告诉我，他们是被开除回家后迫于生计才卖煤谋生的。这几位老师因为我这个学生的缘故，往返途中都会在四岗停留，都会在我母亲那里做加工饭，有高小时教我语文的程老师，初中时教我数学的凌老师，教我物理的魏老师，教我历史课的袁老师，高中时教我化学的任老师。其中我对高小五六年级时教我语文的程老师印象最深。他在部队当过文书，后转业回乡，瘦高个儿，面孔白皙方正，常挂着和蔼的微笑，一看便知是个文质彬彬的书生。他爱人是从部队文工团和他一起转业回鲁山的，能歌善舞，被安排到城厢小学任老师，两人如影随形，恩爱有加，课余常挽着手在大街上散步。那时人的思想还相当封闭守旧，他俩的举动常吸引路人驻足观看，既羡慕又惊奇。程老师文史知识丰厚，对学生要求严格，讲课认真生动。他讲读方志敏烈士《可爱的中国》一文时，动情处竟几次哽咽，不少同学也跟着落泪，课堂上一片唏嘘声。我曾想，程老师以及像程老师这样的老师们真诚善良，都是诚实守信、挚爱祖国的恂恂君子，怎么会是“人民的敌人”呢？无奈我的这些老师，为生活所迫，都艰难地奔走在这条拉煤卖煤的道路上……

四岗通往梁洼矿区的这十五公里的路，弯曲坎坷，由于无数车辆的碾压，路面凸凹不平。一路很多大坡小坡，如果拉重载，人根本上不去。从四岗到梁洼矿区，又从矿区到周边各大队小煤窑，凡是上坡的地方，都有牵着小毛驴站在路边等候“拉坡”的人。青壮年要去干重体力活，拉坡的人多是些老头、老婆、小孩、小闺女。拉一个小坡有的收五分钱，一般是一角钱，大坡长坡收二角钱，像梁洼的南大坡又高又长，就收二角钱。拉煤的人多，“拉坡”的人也多，平均一人一天最多能收入一元多钱。拉煤的人苦，寒冬酷暑，风刮雨淋，忍饥挨饿；“拉坡”的人也苦，老人小孩，怀里揣一兜干馍，手里掂着少许的驴饲料，渴了就到附近小河沟里喝点水，令人心疼可怜。有时拉煤的人多，等一天也开不到票，又舍不得住店，只能露宿矿区；有时深夜里拉着重车还在路上，却找不到“拉坡”的人，只好睡在路边，忍饥受冻。

我想起我的几个老师，在这条坎坷的路上，风风雨雨，拉着一千多斤重的车子，奔波了多少年，因为我是他们的学生，他们就把我的母亲当亲人，来去都把我母亲的小草棚当作温暖的驿站，能喝点热水，吃口热饭。我母亲也以她的微薄力量尽力照顾他们。这期间我也曾在母亲那里见过程老师、任老师、魏老师。

师生相见，悲喜交集，格外亲切。他们都比原来黑瘦了许多，也老了许多，但精神状态还好。他们都说，人生总有很多意想不到的苦难，总得顽强地去面对，酸甜苦辣都要走下去，一切顺其自然吧！惭愧的是我终日为生计奔波，无暇与他们再见。欣慰的是他们都等到了平反昭雪的那一天。据说程老师后来离开鲁山，到外地和他原来的爱人团聚去了，也算有了个归宿。

（2019 年 10 月写于郑州）

贤　妻

从我家西肖楼往西走，两里多地就是李庄。李庄村北五百米处，建有一座六千千瓦的火力发电厂，占地一百多亩，有一百多号工人。电厂燃煤量大，高大的烟囱整天冒着滚滚浓烟。鲁山汽车队主要任务就是从梁洼煤矿给电厂运煤，烧煤多，每天出的煤渣自然就多，这给周围村民提供了拾煤渣的机会。我住的新华大队，和邻近的后营大队，地盘上有四个鲁山县国营厂和一个三线厂，大片耕地被挤占，造成人均半亩这种人多地少的紧张局面。可耕地萎缩，包括秸秆、麦茬、豆秧等等在内的收成自然也减少，做饭的柴禾也就成了大难题。虽然离梁洼煤矿只有三十里，但那时村民大多没钱买煤，因此，到电厂拾煤渣，几乎成为每家生火做饭的必要补充。

当时我和妻子刚回老家西肖楼，一无所有，生活从零开始。我夫妻二人苦出身，自幼历尽磨炼，我妻子什么都会干。我们到汽修厂东墙外拾些烂砖头，亲自动手，和泥砌砖，垒起一个可以烧柴禾的小锅台，又垒一个方方正正可以烧煤的煤火炉。没柴禾，我们借一辆架子车，到庙坡去拾干蒿杆和枯树枝，没有煤，就入乡随俗，很自然地加入到村上人拾煤渣的行列。村民有老有少，有男有女，有称他们叔婶的，有我喊他们哥嫂的，比我俩小一点的，称我俩哥嫂，再小一点的，称呼我俩叔婶，总之相互间亲亲热热，毫无隔阂。拾煤渣的人来自附近各村，每次最少也有一百多人。在发电厂的北门，也就是后门，有一处几亩大的空地，隔一个多小时，就有几个工人推着铁翻斗车出来，把煤渣倒入空地里，每次都有十几车，拾煤渣的人会争先恐后蜂拥而上。每个人手里都拿着一把铁丝做的三齿小铁耙，安个木把，躬身低头捡扒煤渣。我和妻子初来乍到，碍于情面，还不好意思争抢。待到人们平静下来，我们才会上前，当然捡不到好煤渣了，只能在煤渣堆上用小铁耙翻来翻去，可这样半天也能捡两箩头。此时人人手脸衣服都弄得黢黑，谁也不笑话谁了。回家时，结伴来拾煤渣的，总有年轻人拉着架子车，都招呼我们把箩头放到他们的架子车上，我们会在后面推着，一路说笑着回家去。拾过几次煤渣后，自然也就习惯了，感觉很平常和坦然。回到家，用拾来的干树枝，把煤火生起来，这些煤渣烧着还不赖，没有烟，又干净，又耐烧。

电厂出煤渣多在每天黎明时。夏天，拾煤渣的人会赶早带上条布单子，在出渣的地方安营扎寨。我和妻子也多次跟大家一样，躺在地上等候天亮。

1966 年，文革开始了。全乡教师集中到辛集乡中学学习，不能回家。那时我的大儿子才一岁多，冬天家里没有煤烤火做饭，妻子就借了一辆架子车，把孩子交给我母亲看着，独自去梁洼拉煤。四岗住着一个小流浪汉，十五六岁，人们叫他小李，借住在四岗路北最东头一个做加工饭的张老婆家里，晚上就打地铺睡在煤炉边上，每天出来都是一脸黑，好像从没洗过脸。小李用一副不大不小的水桶，谁家没水喊他挑一担，给他五分钱，谁家用车子拉水，他帮助在后边推车子，给他一角钱或管他吃一顿饭。一天我母亲给了小李三块钱，让他帮我妻子拉个捎，路上也好有个照应。上梁洼拉煤的人很多，汽车、拖拉机、架子车交织在一起，人山人海，两个开票窗口，都排起了长龙。买煤要煤票，煤票由县计委发放到各乡镇，再由乡镇下发放到各大队，实际上一般群众是一票难求，这就给有权有门路的人开了以倒票牟利的绿灯。妻子没有煤票，只好跟着没有煤票拉煤的架子车到宝丰张八桥队办的矿上拉煤。在梁洼矿东边有一条沙石小路，勉强容纳两辆架子车通过，坑坑凹凹，非常难走。到矿上时已是午后，临走时母亲给烙了三个玉米面包皮油馍，妻子只吃了一个，给小李吃两个，每人喝了两碗茶水，算是午饭。到开票窗口开了五百斤煤，用了五块钱。他们的架子车小，多了装不下，也拉不动。

待车子装上煤拉出矿区，已是午后三点多了。我妻子和小李俩人轮换拉着，一人掌把一人拉稍，上坡时拉稍的改在后面推。可拉到梁洼街北头，架子车突然爆胎，走不成了。这时天已黑了。无奈之下，我妻子想起我们村上一个叫陈奎的在矿上当工人，就住在不远处路边的工人家属院里。奎叔很帮忙，可在家属院里没借到车子下盘，修车铺又关了门。奎叔只好帮忙把车子停放在路边一家门前，交代人家帮忙看管。好在那时风气好，梁洼又不缺煤，不用担心有人偷。

妻子给小李安排到路边一家小客店住下，又给小李一块钱，让他买两个馒头，两碗茶水，吃了住下。她还膺记着家里的孩子，就一个人冒着严寒，忍着饥饿，摸黑往家走。这天是农历十一月底，月黑风高，她走出梁洼南街，下来梁洼南大坡，天已经全黑了。此时寒风顺沟底掠过，发出刺耳的哨音，像是狼群的嚎叫。她又怕又冷又饿，却还得咬紧牙关摸黑朝前走。走出南大坡的长沟，又进入连沟。那时梁洼正修公路，路面凸凹不平，难走得很。她好不容易走过连沟，来到三角架，听到鲁山电厂正拉响深夜十一点半换班的汽笛，才如释重负地长长出了一口气，呵，快到家了！这三角架是当年勘探队留下的遗迹，矗立在一个高高的山岗上，已成了当地的地标。此处距四岗四公里，离县城九公里。妻子从梁洼一路摸黑到四岗，路上没见到一个人影儿，待走进我母亲屋里，已经是后半夜了。老人还没睡，正抱着孙子焦急地等她儿媳回来，面条还在火上锅里温着。吃完饭，妻子抱着孩子回家，我母亲又一直把她送过大浪河到了村边才回来。

第二天早饭后，我爱人仍把孩子交给母亲照看，搭车到梁洼和小李一起，把车子下盘卸下来，背到修车铺修好，午后才拉着煤车艰难地回到四岗。

星期天在家，我妻子常到村北的庙坡拾碎石头，因为星期天不用慌着给孩子们做饭，我大一点的孩子虽然只有七八岁，也已经能跟着他妈帮忙了。

庙坡由青石构成。石质美观坚硬，可制做石条、石碑、石磨、石凳、石桌、石臼等石器。或雕凿石狮、石虎及各种人物造型出售，又是烧制石灰水泥的上好原料。二十世纪七十年代末，改革开放的春风乍起，机关、工厂、商店、学校，包括家庭都在大兴土木，建房、粉墙要用石灰，原先庙坡下有一个石灰窑村，几百年来村民都靠烧石灰谋生，现在形势下，单靠一村之力已无法满足需要。那时的乡下人无环保意识，一时间周围村庄的人都涌到庙坡挖石头，上上下下新建起很多石灰窑，炸石头的炮声终日不绝于耳，石灰窑的浓烟遮天蔽日，美丽的庙坡被挖得伤痕累累，大坑小坑遍布。庙坡的石灰闻名遐迩，连宝丰、叶县、方城人都过来买石灰，每天小货车、拖拉机、架子车车水马龙。一个热闹异常的产销两旺的石灰市场便发展起来。采石坑里，总会遗留很多碎石渣小石子，这是建筑工地上浇筑混凝土需要的，因此周围村庄便掀起了捡卖石头子的热潮。几乎家家都买了架子车，一有空就到庙坡捡拾。我家去买了一辆架子车，还买了箩筐和小石锤。星期天或者假期，就拉着架子车带着孩子们到庙坡浅一点的石头坑里拾小石头、石渣、石片，拉回来倒在前院的空地上，用石锤敲打成更小的石子，拉着到县城建筑工地上去卖。我不在家时，从庙坡回来时一路拉重载下坡，都由我妻子玉珍架车把，辛苦得很，真得是难为她了。一车子石子只能卖二元钱，最多三元钱，平时买油秤盐，或给孩子们添置鞋袜学习用品，就靠这点外快。

庙坡拾石子不但辛苦，还是一项带有风险的劳动。假期或星期天我在家时，曾多次陪妻子到庙坡拾石子。不是所有的石头坑都让你拾的，征得主人的同意才让拾。我认识三个岳家坡石灰窑的主人，有一个还是我家的亲戚。所以我和妻子到石灰窑边拾石子他们都不阻拦。这三个石灰窑距梁洼公路最近，是拉车子最方便的位置，但从石灰窑一路下来到公路这一段，是个六十多度“之”字形的大斜坡，拉重载稍有不慎，就会连车带人滑到石灰窑下深沟里去。驾车人必须扶稳车子把，掌好方向。还须一人在旁帮扶着。我试驾过几次车把，但我妻子嫌我技不如她，怕出意外，多次数还是由她驾车把，让我在一边帮扶。得感谢石灰窑上的人，有时候还需要他们帮助，才能把车子拉到公路上。毕竟我在家的时间少，孩子们要上学。平时她上坡拾石子，常常是一个人。在石头坑上，即使坑主人允许你拾石子，也得等到中午或下午下工以后。我的妻子常选择在下午给孩子们做好了晚饭，等到下晚学回来吃着饭，她就一个人拉着车子上坡去。石头坑浅的也有一丈多深，车子根本拉不上去，每次她都带着箩头，把碎石片，碎石渣慢慢提上来，倒在车子里，待拾好半车子，往往天就全黑了，回去时须格外小心。那时庙坡到处都是石头坑，有的坑与坑之间路很窄，只能勉强容一辆架子车通过，稍不小心车子就有退到坑里的危险。那时虽已有工商局和环保局，但只管收钱却疏于管理，庙坡挖石放炮炸死炸伤人的事故时有发生，山坡被挖成了悬崖峭壁也没人管。孩子们虽小但都聪明懂事，担心妈妈的安全，稍一晚就一块到坡上找妈妈，找着了，就高高兴兴地帮着在车子后面推，还一路唱着歌儿。

我妻子出生在鲁东佛岭村北边的穷乡僻壤的梁家坡，兄弟姊妹八个中她是老大。穷人的孩子早当家，从小养成勤劳的习惯，尊老爱幼，通情达理，心疼父母，能为父母分忧，做饭、洗衣、干农活样样都是一把好手。她十三岁那年，地质勘探队来梁家坡周围探矿，帐篷搭在一个坡顶上，机器运转和工人生活都需要清洁水，她白天上学，晚上到坡底下的河沟里挑水到坡顶上卖，一担水卖五分钱，挑到后半夜也只能挑十来担水，卖五角钱交给父母补贴家用，第二天照常上学。星期天或假期，家里如果没有农活，她还一个人到周围坡地上采药，像桔梗、黑地榆、柴胡、地丁、蒲公英这些中草药她都认得。采来的中药，她步行几公里到县城中药铺卖。秋天坡坡岭岭沟沟坎坎的酸枣树、野山楂果实累累挂满枝头，红玛瑙一样惹人喜爱，她都会适时去采摘，用篮摲着或用布袋背着到县城集市上去卖，卖来的钱给父母买衣服。采药摘野果的时候，她一个人在荒山野地里跑，到处是齐腰深的荆棘和荒草，几乎不见一个人影儿。有几次她遇见了又高又大的野狼，距她就几步之遥。她看着野狼，吓得动也不敢动，野狼也瞪着眼看着她，约摸一两分钟后，野狼才从容地从她身边走开。这或许就是常说的，好人一生平安吧。

我和玉珍结婚后，她曾对我回忆说，小时候母亲做针线，她一看就会。她姊妹多，收了棉花，母亲就起早贪黑地纺花织布，她七岁就学会了纺花。八岁那年，有一次趁母亲不在家，她就蹬着织机学织布，竟往前织了一尺多，母亲回来问起来，奶奶说是“景”（爱人乳名）织的，母亲连声夸奖布织得好，连接头都不显。从此，她一有空就帮着母亲织布了。她还跟着母亲学到一套剪裁的好手艺，从十一二岁起，就帮母亲做针线活。真是艺不压身，我俩结婚后，由于儿女多，我的工资又一直很低，给儿女们买不起衣服，她就从自由市场上买来棉花，自己纺花织布。点一支小药瓶做的煤油灯，灯光像一只萤火虫一样，纺花到深夜，有时为了省油就点燃一支灰麻杆，放在纺车边照明。自家没有织布机，得在村上找。村上有五家有织布机，得排上号等着。就这样我妻子先后织成两匹布，我母亲也常从四岗赶回来，孩子们的衣服都是她们婆媳俩做的。一年夏天，我妻子买回几尺花布，给我的两个女儿做了两件连衣裙，学校里的老师和同学都夸做得好。一天我的两个女儿进城走在大街上，不少人看她俩穿的裙装，羡慕地打听衣服是从哪里买来的。

我们大队有七个自然村，人多地少，粮食缺口大，再俭省也仅够吃半年。秋后准备在我新批的宅基地盖三间小平房，两个姑表弟一个内弟过来帮忙。亲戚帮忙不给工钱，但干出力活得吃饱，省下来的一点小麦磨成面，和玉米面蒸成花卷儿，稀饭吃玉米面糊涂面条，表弟们就很满足，干活起早贪黑，一干就是十余天。那时我在熊背卫生院交口门诊部当医生兼负责人，身负交口片周围十个山区大队群众的治疗和防病的繁重任务，我是负责人，连星期天也不能正常回家，春节要值班，甚至连除夕也未能和家人过上一个团圆年，盖房子的大部分劳务都压在妻子肩上，其辛劳不言而喻。

春节后，家里的细粮已经全部吃完，玉米、红薯也所剩无儿，妻子一有空就到麦地里薅野菜，茵陈、毛衣草、野蒿苗，回来蒸着吃，做稀饭，我的两个女儿，下午一放学也挎着篮子到地里去薅菜。三月青黄不接，家里几乎断粮。好在村外路边的槐花都开了，大儿子、二儿子很小就会爬树，下学或星期天就摘回来满篮的槐花，妻子用槐花做汤，炒菜，拌少许的面做菜窝窝。一天我大姑到家来，就是东院我大伯的妹妹，她揭开两个小面缸，没看见一点面，她揭开饭锅，看见馍是槐花，汤是槐花，菜还是槐花。我大姑心酸地把这一情况告诉她在大队当武装营长的儿子，即我的小柱表哥，表哥从大队给我要来五十斤统销粮，妻子拉着架子车，走十几里到张店粮管所买来十斤玉米，把四十斤发霉的红薯干一片一片搓洗干净，掺和在一起磨面吃，总算熬过了这个饥饿的春天。

妻子为参加生产队劳动，常把小孩子撇到四岗母亲那里，有时也带着椅轿拉着孩子到地里干活。一次锄麦，那天风大天冷，孩子撇地北头，她往南头锄，孩子哭了也听不见，心疼也没办法，等锄到头拐回来，孩子早哭得趴在椅轿上睡着了。

有一年盛夏锄玉米，生产队把农活按劳动力和人口平均分配，我家在大浪河东岸边分了三亩地，妻子把孩子交给我母亲照看，她起早贪黑锄地，中午也不回家，汗流浃背，酷热难耐，就和衣跳进河里泡泡，上来再锄，如此反复几次才荷锄回家。那时我已在张店高中教书，星期天回到家里，和妻子一块早早下地……经历这番劳作，让我深切体会到了人生的另一种况味，以及妻子坚毅品性的可贵，终身感念与铭记。

1968年，遵照上级教育部门的指示精神，要在西肖楼办一个扫盲班。教室因陋就简，设在老史家废弃不用的牛屋里。我妻子在鲁山县六中毕业，上学时各科成绩很好，但因家庭经济困难，没有再升学。大队小学的校长找到她，让她担任老师，给予民师待遇，每月工资五元钱，每天记六工分。我妻子喜欢这个工作，考虑到工分虽低，但无论刮风下雨，每月还有固定的工资和工分，我也支持，她就高兴地接受了。

她教学认真负责，课堂秩序良好，学生对她都很尊重。课外没有一个喊她老师的，大部分都叫她嫂子，只有四个十几岁的小姑娘，两个喊她婶婶，两个叫她妗子，气氛严谨和谐而又充满温情，令人陶醉。扫盲班结束，大队学校把这里改成一个一二年级的复式班，仍有三十多个小学生，仍让我妻子做老师。

妻子是个佛教徒，她信仰虔诚，周围所有寺庙，包括庙坡、鲁山坡、全佛寺、九龙口、东关、泰山庙、城隍庙等，逢年过节她都会去烧香拜佛，为全家人祈福，为所有的好人祈福。她相信神的灵验、善恶有报。她平时从小事做起，积德行善。一年大年初一，我家大人小孩平均每人只有一小碗饺子，她自己只捞了半碗，正好有个老头上门讨饭，她一个没吃，全倒给了老人，看着老人冷，她又找了两件旧衣服给老人。老人走后，她泡了一个馍在饺子汤里，这样过了大年初一。孩子们深受母亲的影响，此后凡遇讨饭的老人小孩上门，自己不吃也要打发他们。妻子日常生活，待人处事，她总是以和为贵，好像与世无争，但她有一颗坚强的心，她爱憎分明，坚守正义，嫉恶如仇，如遇横行霸道、恃强凌弱的恶人恶行，她都会勇敢地站出来，天王老子也不怕，与之抗争到底。

到 1979 年，我一家八口仍住在一间老屋里，实在拥挤不堪。生产队给我划了一小片宅基地，在村外南边省道公路的北侧，我盖了两间东屋小平房。目睹公路上的车水马龙、人来人往，经常会看见公路上你撞我碰、纷争吵闹，甚至大打出手。妻子总是坚决站在有理的一方，主持公道，成了女汉子，她虽是一个弱者，却不畏强势，帮助弱者，总能迫使恶人不再嚣张，按我爱人的说法就是“邪不压正”。

我家门前就是公路。一天中午时分，一辆外地的农用四轮车到梁洼拉煤，行驶到我家对面公路南侧，被两个人突然拦住，强行把司机拉下车，索要五千元钱。这引来十几个行人围观。我妻子也过了去。看见车右边躺着一个年轻人，另有两个挡在车前头，我爱人认出是邻村的几个年轻人，终日游手好闲，不务正业，经常在路上故意挑事讹人，俗称“碰瓷”。我妻子当着众人指责他们：“做人要讲良心，诬赖人会遭报应，人家几百里地跑出来拉煤，挣点钱养家糊口多不容易，再讹人家，我就要报警了。”经过一番周旋，最终化解了一场危机。像这样的侠义之举还有很多，因此我们赢得了乡亲们的好口碑。

（2020 年 11 月发表在《信阳文学》）

难忘熊背山水熊背人

1977 年 10 月初，我调入鲁山熊背乡卫生院当医生。熊背位于鲁山西南部，距县城二十五公里，是进入八百里伏牛山的南山口。在熊背村南，有一座孤立的小山岗，看去很像一头弓起脊背的熊，该村因此得名熊背。

熊背村紧临一条十几米宽的清澈小河，洁白的沙滩上，分布着片片绿洲，水草茂盛，芦苇摇曳。两岸的槐树柳树郁郁葱葱，茂密成林。河上新修了一座六孔的混凝土大桥，过桥西北通往鸡冢乡崇山峻岭的团城山，桥这头连接省道，是鲁山通往南召、云阳、南阳的要冲。熊背卫生院坐落于省道南侧，背靠一座小山岗。和公路平行的一排九间的青砖红瓦房是各科门诊和药房，后面三排格式一样的九间青砖红瓦房，和门诊一排呈垂直分布，一排病房，一排职工宿舍，一排作库房和厨房。卫生院没有院墙和大门，四面敞开。

卫生院有二十八位职工，院长杜松林，五十来岁，家住交口街，是当地有名的老中医。见面后，他让我做门诊医生，行政上辅助他工作。当时上级安排的防疫和地方病普查普治工作任务很重。半个月后，市县领导和专家组就会来熊背作全面的检查，卫生局要求在检查前，做好黄癣病和甲状腺肿大病人的调查登记，不能漏报和错报。卫生院原有一个做防疫工作的王医生，但熊背乡有二十个大队，全分布在山区，一个人顾不过来，决定让我暂时帮助王医生工作。我和王医生沟通以后，他说熊背当前没有重大疫情，但有蚊子传播的疟疾。地方病黄癣和甲状腺肿大，以宿王店和黄土岭大队较多。（黄癣是皮肤传染病，黄癣菌主要滋生在头皮，破坏毛囊，最后使头发全部脱落成了光头，即瘌痢头，俗称“小秃”。甲状腺肿大俗称“瘿”，系饮水缺碘引发）和王医生商量，我俩分工合作，各管一片。王医生管下片，以熊背为中心有十个大队；我管上片，以交口为中心，有十个大队。宿王店属下片，病人较多，由王医生和我共同调查，登记造册。

宿王店在乡卫生院西两公里，熊背河北岸。我到宿王店时，看到在一里多长的东西街道两旁全是土打墙茅草屋，没一处瓦房，街上的土路坑坑洼洼，高低不平。各家房前屋后堆满垃圾，鸡鸣猪叫，满村乱跑。

宿王店，多么美丽而又神秘的名字啊。传说东汉初年，王莽追杀中兴王刘秀，一天夜晚，刘秀住在村西头，王莽住在村东头，却互不知情。第二天凌晨，村西头的公鸡早叫了一个时辰，刘秀慌忙起来赶路。村东头的公鸡晚叫了一个时辰，待王莽起身，刘秀已经跑得很远了，这个村从此就被人们叫作宿王店。历史上刘秀真的到过这里，并留下很多传说。在宿王店西南方向的晒衣山上有一大片荆棘，传说刘秀在此晒过衣服，圪针尖都朝下弯曲，说是怕扎破刘秀的衣服。而在同一方向的分水岭村，靠小河边有一眼井呈倾斜状，传说当年刘秀奔走过此，口渴难耐，水井马上倾斜过来，以方便刘秀喝水，人们就把这眼井叫“扳倒井”。传说多属无稽之谈，姑妄言之，姑妄听之，没人会当真的。

我和王医生到宿王店后，访问了大队医疗站医生，得知村上固定用一个剃头的，这乡村理发匠挑着一副剃头挑子，每月来一次，停留两天或三天，这期间，村上所有的男性大人小孩争先恐后来剃头，时间有限，过期不候（剃头的报酬是大人每人每年十斤小麦，小孩随大人，不收报酬，叫包活）。剃头挑子一头是个筒子锅，锅下烧柴禾，另一头是个脸盆架，置放脸盆、剃头工具（“剃头挑子一头热”的典故即由此而来）。每到一个村上，来剃头的人就都会主动拾些干柴烧火，或帮他挑一担水，就开始营业了。给每个人剃头，只往脸盆里舀两碗水，把头发和胡子洗一洗，用一条共用的毛巾擦一擦，然后用一把共用的剃头刀剃头发刮胡子。那时乡下人平时不洗头，剃几下剃头刀上就会沾满污垢，剃头师傅就把剃刀往磨刀的“比刀布”（挂在脸盆架子上的一块黑布条，沾满了厚厚乌黑的油泥，明光发亮，散发着臭气）上比划一下。满头黄癣的人跟健康人也共用一个脸盆、一条毛巾、一把剃刀。黄曲霉菌传染性很强，就这样一传十，十传百地让健康人也染上了黄癣。从前经济困难没钱治，致使头部毛发全脱而成为秃子。当时因农村依然贫穷，多少年来形成的习惯一时不易改变，传染源很难阻断。只能耐心做卫生宣传工作，提高群众的卫生意识。我和王医生及大队医生一起找到支部书记，建议开个会，宣传一下防病治病的卫生常识。支书很支持，第二天晚饭后，就在大队部门前开会，到会的有几百人。我给大家讲了黄癣和甲状腺肿大病的防治常识，来开会的人听得都很上心。

会后第二天，恰遇到剃头师傅来村上剃头，我和大队医生找到他，给他讲了有关黄癣的防治知识。他立即到村上代销店买了香皂，三条新毛巾打算分开使用。“比刀布”扔掉，用一条新毛巾代替，又托人到县城买三把新剃头刀并分开使用。到宿王店后的第三天上午，我骑自行车走老雅路来到黄土岭。原来的理发师傅已挑着剃头挑子提前到达，在街心开始剃头了。这次他身边还多了一个小男孩，帮助他烧火换水，还能给客户洗头。剃头师傅微笑着给我介绍说，小孩是他儿子，十二岁。妻子有点残疾，儿子为照顾母亲，才上了两年小学就辍学了，顺便跟着他学理发，好歹将来也是一门吃饭的手艺。并对我说，你讲的卫生常识我听得懂，以后我会照着你说的去做。

黄土岭大队有八百多口人，在大队医生的陪同下，我们用三天时间走访登记了二十多个黄癣患者和十来个甲状腺肿大病人。头天晚上借大队召开村民大会的机会，由我做防治地方病的普及宣传。

结束了在黄土岭的工作，我上午骑车到交口去。大河岸边列队的槐柳一眼望不到头。这里没桥，我不得不扛着车子踩着搭石过河。在第二道小溪入河口南侧有三块突出地面的大石头，表面平整光滑，我清楚地回忆起十四年前我在民政局做临时工，也是这个季节，和局里的三位同志曾经徒步经过这里，坐在这三块石头上休息的情景，赏秋山红叶，看“鹰击长空，鱼翔浅底”……而转眼十四年过去，我似乎又转回原点，孤单一人，思绪悠悠，多少感慨付流水……

上午十点多到交口。交口南北街一里多长，街北头一座三间天爷庙，街南头一座三间的关帝庙，街中间路东一座三间的大戏楼，临街门面房齐整，展示着曾经的繁华。一条清澈的大河绕交口流过，现在的省道改走大河东岸，供销社、商店、饭店、旅馆、集市都搬到省道两侧，交口街和公路之间没有桥梁连接，交通不便，也就显得萧条冷落起来。人们称此为交口老街，河东岸的叫新街。交口街总共有三千多口人，是当地经济文化医疗的中心。

熊背乡卫生院在交口老街设有一个门诊部，是原财主家的四合头院，一个西医和两个老中医，配有会计、药房、中药炮制和注射四个工作人员，共七位同志，终日忙碌。门诊部的同志们热情接待了我，并提前给我安排了休息的地方。

利用午饭前这段时间，我到大河边观赏风景。

交口，顾名思义就是几条河流的交汇处。交口街的南边有一个叫小交口的村子，在这里有三条小河流入交口大河，到交口又有三条小河流入交口大河，在交口街外，实际上有六条小河流入交口大河。山里的河流，没有正规的名称，发源或流经什么村庄，山里人就叫它什么河名，流经交口这一段的就叫交口河，熊背的那一段叫熊背河，瀼河段叫瀼河，最后都汇入鲁山的母亲河大沙河。由于六条小河的汇集，交口河相当宽阔，水量充沛，清澈明亮，波光闪闪，两岸沙滩洁白如银，沙质柔软，毫不夸张地说，其美丽绝对不逊色于海边的沙滩。在流经交口街外这一段的岸边，排列一里多的粗壮垂柳，柳丝飘飘，河水幽深，游鱼成群。这是1977年鲁山交口街附近的自然生态环境，于今如何，就不得而知了。

下午我到村东头大队医疗站了解这里的病情，恰遇理发师傅也于中午前到达，他已在一间旧门面屋里开始理发了。他说他只承包了北头两个队的活儿，南头另有人承包。这里年轻人干净讲究，大都到理发店去理发。只见剃头师傅的挑子卫生条件又有所改善，新换了一个花瓷脸盆，香皂放在新皂盒里，正专心地给一个六十来岁的老头剃头，儿子帮着烧水、换洗头水，然后站在一边看父亲操作。这剃头师傅技艺纯熟，我想若自家开个门店，条件再好一点，肯定顾客盈门。

医疗站的郭医生与我同龄，为人和善，是个中西医结合医生。当前要防治的这两种地方病，道理上他都懂，碘缺乏引起甲状腺增生，婴幼儿生长发育迟缓，身材矮小，智力低下，叫克汀病。山里人基本上都是傍溪河而居，有不吃井水的习惯，而从山上流下来的泉水缺乏微量元素碘，长期饮用河水就引发了大脖子病。过去山区经济落后，又缺乏食海带从中补碘的常识，因此，中华人民共和国成立前后的几年里，山区瘿病和幼儿克汀病成为常见病，你到村子里走走，随处可见瘿病和呆小的儿童的身影。条件所限，一些人直到终老，颈上的瘿瘤大到下垂至乳房，无奈也只能扛在肩上，成为终身的“包袱”。郭医生说，多年来政府关心人民疾苦，对所有地方病坚持无偿治疗，免费发放各种药品，对克汀病儿童多次集中在县医院住院治疗。在饮食上又强调服用碘盐，交口大队近年来已不再有新的瘿发病人了，只有少数长黄癣的，相信其他大队也是这个情况。但我还是决定跑完所有大队，做一次全面的调查。第二天郭医生陪我走访了交口大队的十几个病人，在街北头又遇见理发师傅，他说这里的活完了，要蹚河到路东的几个村庄去，向我告别。

下午我沿着郭医生给我指示的方向，往西南方向山里走。沿途有四个大队，孤山、横梁河、雁鸣庄和茶庵，每个大队都有几个自然村。孤山村离交口三里多，因村子北头有一个孤零零的圆形山岗而得名。我在医疗站见到了张医生，了解了基本情况。孤山大队部和医疗站在一个大院里，恰好那天大队干部开会，我顺便见了支部书记，张医生就是他的儿子。张书记待人亲切热情，中午领我到他家吃饭。孤山河就流经他家门口，对着一座漫水桥。张书记家上屋三间土打墙瓦房，院子中央有一棵茂盛的杜仲树，一侧有一棵木瓜树和山楂树，靠东墙有两间牛棚，喂了一头大牛和两头小牛，牛棚两侧垒有猪圈和鸡鸭窝，院落打扫得干干净净。吃饭间交谈，知道张支书比我大两岁，他随即就称我兄弟。我在此走访病人的两天里，都在他家吃饭，我喊他哥，他喊我兄弟，我称他爱人为嫂子，他的孩子称我叔。人这一生也真是奇妙，俗话说有缘千里来相会，无缘对面不相识，此后我俩竟成了真诚的朋友。

孤山大队四个自然村，八百多口人，全部依山傍水，向南延伸进入里沟，有近十公里，和南召的山水连在一起，那天医疗站的张医生领我走完全程，既走访了病人，又欣赏了如画的山水风光。时值深秋，霜叶万山红遍，层林尽染，金黄的野菊花开满了河岸沟坎，散发着沁人心脾的清香。我们遇见两个放蜂人，正戴着面罩在蜂箱间忙碌。张医生说，现在山上的楸树正开花，荆芥棵开着一串串蓝色的小花，加上满山遍野的野菊花，正是蜜蜂采蜜的好季节，蜜叫秋花蜜，秋花蜜的药用价值更高。

这里的山村多以沟命名，如桃园沟、竹园沟、杨树沟、高沟、李沟、前沟、后沟、里沟……每条沟里都有一条河，大沟连小沟，实际是大溪连小溪，山里人不叫溪，都叫河。依我看，也名副其实，所有小河大都五六米宽，水流量大，水流湍急。有的山村只有三五户人家，傍水而居，竹林茅舍，炊烟袅袅，鸡鸣犬吠，宛若世外桃源。

孤山河有七八米宽，两岸草木丰茂，岸边开满红的、黄的、蓝的小花。沿途有几条小溪汇流进来。张医生说，这里每条沟都各有特色。有的盛产野葡萄，小溪两岸尽是稠密的葡萄藤，秋天挂满一串串紫红的葡萄，野葡萄酸甜味美，村民采摘下来，或拿到集市上去卖，或自家酿制葡萄酒。有的沟里盛产野猕猴桃，密实的猕猴桃藤能跨过小溪，盖住溪面，但闻流水声，不见溪中水。有一条沟里盛产山芋肉。秋天进去，满沟都是山芋肉树，挂满鲜红的果实。把两河岸都染成了红色。我们走在河边的小路上，不时看到从山里归来，挑着一担柴或拉着装满柴禾的架子车的山里人。张医生说，山里人宽厚，有个不成文的规矩，在山里打柴，哪里都是家，走到哪里住哪里，吃哪里，都被当作客人招待。

中午我们在郭家庄吃饭。饭后下午四点多，我们走访调查完了孤山最南端的这一个自然村。张医生说，这里是孤山大队的南山，高大险峻，山上野鸡野猪很多。翻过山去就是南召县境了。孤山河的发源地就在南山的崇山峻岭中。孤山河经过孤山东侧，汇入自西而东走向的雁鸣庄河。再往前，就汇入南北走向的交口河了。

孤山巍峨，林木蓊郁。山下北侧有一块略高出地面的几平方米大的石头，好像是中空的，用一块石头去敲击，会发出击鼓一样的响声，在这块大石头西侧几米远，有一块圆形的大石头，像是一把巨大的鼓锤。不知苍天设置这样一面巨型大鼓，要向人间警示什么。

从孤山村沿着河边小路往西走就到了横梁河村，雁鸣庄河流经村边折向北流，叫横梁河，横梁河村边有一排柳树，枝繁叶茂。解放初期的1948年，方城拐河，南召，鲁山的土匪勾结在一起，基嚣尘上，血腥疯狂，在一天夜里突袭这一带的农会，把十几个农会主席和干部绑在河边的柳树上，割下头颅，摆放在河边示众。当年的柳树已经老去，新的柳树萌发重生，展示着烈士精神常在，英灵常青。

往上走就到了雁鸣庄。沿着曲弯的小路翻过一个山垭口，口北侧山上有一棵粗大的老栎树，南侧山上有一座土地庙。茶庵河从山垭口的北侧峡谷中流入雁鸣庄河。从山垭口西侧斜坡下来，有一个小村庄，路边有一个大碾盘，碾盘上放着一个大石滚，村随其名，就叫碾盘庄，村外沿河一条小路，河岸陡峭，河水清澈约五米多宽，对岸也是峭壁悬崖，这一河段已属茶庵大队地界，习惯就叫茶庵河。

我在碾盘庄村头问路，恰遇大队三十来岁的沈支书，听我说明来意，就主动给我带路，陪我随访。

小路随河床到村西折返向南，河道变窄，流水湍急，河床上布满大大小小的鹅卵石，因为河道弯曲，绕来绕去，有几段需踩着搭石过河。沿河走一里多地，支书领我进入东南的一条山沟，名叫杨树沟，因为有三个甲状腺肿大的老病人住在这里。这条沟顺山势由高而低，一道清澈的溪水顺势湍急流下。我俩往上走了一里多，左侧岸边有一棵辛夷树，树干需两人合抱。沈支书说，这棵辛夷树有四百多年树龄了，人称辛夷王，夏天浓荫遮地半亩多。辛夷王饱经沧桑，老而弥坚，每年都果实累累。从这里往上再走一里多就到了杨树沟，这是个美丽的小山村。

我们到杨树沟已近中午，各家已炊烟袅袅，支书就把午饭安排在这里。小山村只有十几户人家，依山面水而居。溪水把小村分为两半，北岸人家多，门前道路较宽，可容纳架子车通过。南岸人家少，门前道路很窄，只能步行。近段少雨，溪水浅，两岸间踩着两块搭石即可往来。小溪两侧近岸处，各有一眼用鹅卵石围成的水井，饮用的实际就是溪里的水，而溪水缺乏微量元素碘，正是这里甲状腺肿大多发的原因。沈支书说，小溪的源头是距此三里的两面山上的泉水，其中一座的山顶上有三户人家，山高水高，吃的用的也都是这泉水。山上野花杂而多，这几户人家养了很多箱土山蜂，土蜂蜜的营养和药用价值都很高。

山村周围的山上，生长的几乎都是栎树，即柞木。栎树叶养山蚕。村上每家在山上都有属于自己的蚕坡。春天，栎树叶发芽后，开始把蚕宝宝放在栎树叶上，经过精细的管理，到麦熟季节，蚕宝宝也成熟了，在每片树叶下都结出一个白白圆圆的晶茧，给予辛苦的蚕农以丰收的回报。村西头小溪北岸是一片开阔地。沈支书说，这是村民的自留地，每户平均二分多，种着各种时令蔬菜，吃不完的就到集市上去卖。

中午吃饭时又来了一位客人，是交口街一位四十多岁的男子，在里沟拾柴禾，拉架子车回来经过这家门前，主人热情地招呼他和我们一起就餐。吃过饭，大家仍坐在小桌边喝茶闲聊。相比城里人的冷漠，这山里人的纯朴厚道着实让人感动。稍事休息，我和支书告别主人家，走出沟口，沿弯曲的河边小路向西南走了一里多地，到了右岸边的茶庵村。茶庵村地势较高，是个大村，有五十来户人家。沈支书说，这里是从前茶马古道上的驿站，尚存拴马桩拴马石等废弃骡马店的遗迹。在这里，我们走访了几位病人后，沿河岸左侧向东南进入苇园沟。苇园沟也是个大村，五十来户人家，村外河滩上一大片茂密的芦苇，正是芦花放白时节，水鸟低翔，野趣盎然。走访完村上的几名病人，已近傍晚，沈支书领我登上村外的一座山顶，看夕阳在西边的山上徜徉徘徊，艳丽的霞光染红了天空，和漫山红叶融为一体，恍若置身亦梦亦幻的童话世界里。沈支书指着远方告诉我，出苇园沟往外沟走可以通过红河谷，出去就是雁鸣庄、横梁河。往里沟走，翻过一座山，进入鸡塚乡团城山，里沟里有一条沟东南通向南召县的山山水水。在这山重水复的山沟里，陌生人很难走出大自然布下的迷魂阵。

沈支书说，我下面要调查的三个大队（月明石、闫庄、桃园沟）需要往回走，其中一个是省道西侧的月明石沟。月明石村在一个山坡上，山下有一条河，坡头莹石月下发出荧光，这就是“月明石”村名的来历。要特别指出的是，我即将造访的桃园沟大队有个石碑沟，那可是南宋抗金名将牛皋的故乡呵，据说村里尚存有牛皋庙及牛皋的墓冢和墓碑。

下山回到苇园村，已是暮色苍茫时分，当晚就在大队部留宿，走访上述三个大队只能是明天的行程了。

半个多月的时间里，我走访调查了交口街所有大队的地方病，也欣赏了这里的秀美景色，处处绿水青山，如诗如画。山民的敦厚淳朴古风犹存，更是感人至深，久久难忘。

此后我一度下派到熊背卫生院下属的交口门诊部做负责人。除做好门诊工作外，我又主动承担了以交口为中心周围十个大队的卫生防疫工作，几年间走遍了这里的大村、小村、大沟、小沟，这里的大村、小村、大沟、小沟的人都熟悉我，称我为穷人医生。1979 年，我在全省卫生人员晋职统一考试中，以优异的成绩晋升为医师，1984 年再晋升为主治医师。同年，我奉调回到刚成立的县公疗医院（后改为县第二人民医院），任主治医师兼医院办公室主任，结束了我在熊背、交口近八年的工作与生活，成为此生一段珍贵的记忆。

（2019 年 11 月发表在《河南思客》）

诗歌部分点评

故乡之咏

梦回故乡

【点评】

慢茶许留成：

诗的源头是生活
梦回故乡里
一个个小场景
一幅幅生动的小画面
朴实而又真切
那是铭刻在诗人脑海深处的过往
有欢乐，有苦难
印证了那句话：回不去的，才是故乡

雪花飘飘：

西肖楼很小很小，但是，故乡啊，在我心中，你就是整个世界！……写的真好！尤其是最后几句。喜欢读写故乡的诗篇与文章，缘于对故乡的那份深情。每个人都有着对故乡的深深热爱与思念，因为那是自己扎根的土壤，成长的源泉！

洪兴酷银：

故乡坑沿的虫叫蛙鸣，月色残阳，老宅，唤儿乳名的老娘，梦中的西肖楼……组成了有画面，有故事，有诗歌意境的故土家园，与世界同大的故乡常常在梦中与之不期而遇，在不经意的刹那间掠过脑际流泻笔端。

星子~邓丽星：

故事感强，画面感强的诗，让人仿佛回到故乡，思念之情油然而生。

曙光：

本首诗歌用词浅易、形象，“蚰蜒”小路，“歪脖”柳，“大坑沿儿”等，生动，亲切，自然；同时，典雅、华丽的“杨柳”、“残月”、“晓风”、“渔舟”点缀其中，灵活多变。诗歌意象丰富，潺潺的大浪河，白头芦苇，渔舟，土坯房，葫芦秧，玉盘荷叶，鼓眼青蛙，这都是记忆过滤之后游子情结的沉淀。诗中一幅幅画面真实感人：月夜思乡图，梦游故乡水，夜阑纺织图，清苦生活画，池塘采菱，晨兴打铁，历历在目。故乡的花木虫鱼，故乡人的一言一行，撞击着诗人的心灵，迸溅出耀眼的思乡火花。

远去的故乡，人民勤劳，生活安逸，环境宁静，民风古朴。高远的意境中既凝结着天涯游子的沧桑和惆怅，也蕴涵着赤子对故乡的讴歌和依恋。这是对繁华淹没的自然乡村的惋惜，也是对远逝故乡的追忆，情感细腻，真挚，浓厚，强烈，回味无穷！

梦婉：

人是故乡亲，茶是故乡浓，水是故乡甜，月是故乡圆，酒是故乡醇。

秋天的故乡

【点评】

慢茶许留成：

字面是诗，背后是情，是心，是爱

生命的河：

因为有情，这诗才有生命！

崔昊：

只要生在鲁山　长在鲁山　就能感受到诗的情怀！才能在诗中感受到鲁山青山绿水的魅力。

松柏：

故乡的山，故乡的水，故乡的人儿最最美。

大刘：

黄叔笔耕不辍，文中有思，诗中有情，令人敬佩

秋夜虫鸣

【点评】

许书平

时代荏苒，我们在失去，也在得到！那永远的农村，永远的乡愁，总在夜深人静时，飘荡于我们心间！听，蟋蟀的叫声又响起来了……

雪花飘飘

秋夜的虫吗在歌唱什么？歌唱大地，歌唱星空，歌唱丰收，歌唱生命……。而我听着虫鸣，却想起了远方的家乡，盈盈乡愁，溢入心底……。思乡情结，最易萌生出诗情画意。充满真挚乡情的诗歌，引起多少读者的共鸣，勾起几多游子的思乡情意……。

梦婉

乡愁是我们的精神家园。乡愁中蕴藏着强大的生命力，将我们与故土、先祖、传统文化连接在一起，是万变不离其宗的“宗”。

洪兴酷银

是夜，秋夜的虫鸣，用心曲汇聚成主旋律，歌唱生活，歌喝生命，歌唱故乡……再面朝故乡喊庙坡，碧潭秀美野花香。喊大浪河，曲折蜿蜒百里长，孕育两岸好风光，喊我西肖楼老寨门，喊我绕村的土寨墙，喊我的寨壕大水坑，喊我原生态的村落……家乡的一草一木，一景一物，一事一人，皆能牵扯着走天涯游子的思乡情结，那魂牵梦绕的乡愁是游子永恒的归家企盼。

慢茶许留成

巨变的年代
所有的画面都在快速的刷新着
唯有记忆深处的故乡
始终还保持着最初的模样
记忆与现实，相互交错
陌生而又熟悉
在某个瞬间
踩着家乡的土，忽然失神
不知道身在何处

桃源居士

挚友加兄弟黄鑫的《秋夜的虫鸣》太美啦！读着读着，让我也仿佛随他回到了美好的童年，和他手挽手一起漫步在家乡的河旁田间……我沉醉在幸福的童年时代。

大刘

一声虫鸣，一声蛙叫，一叶枯草，一朵小花，都能在作者的诗中鲜活起来，在诗中，处处都是生活的气息，你看得见浪花翻腾，草木摇动，听得见虫唱鸟鸣，稚童嬉声。作者定有一颗赤子之心，才能把一情一景描绘的如此令人动容！

春到昭平湖

大刘

三月渐春暖，美景正如斯，再读诗篇，又有不同的心情和感受，仿佛置身春意阑珊的昭平湖畔，冰冻的心也消融！昭平湖如此美丽，如此多情，感谢作者，用细腻的文字记录下来，让你我的心里也添了一份温情，一抹春色……

山居秋暝

若不是黄鑫君的组诗《春到昭平湖》，不会知道天底下还有一个昭平湖。鲁山名不见经传的一个地方，因了昭平湖就要名扬天下了。“十里长堤飘柳絮。风送花香醉游人，碧波万顷荡涟漪。”群山拥湖湖映山，山青水秀好家园。“绿杨荫里藏亭台，望湖楼外柳如烟。平湖百里船竞渡，游人如织笑语喧。”读着这样的诗句，你不会觉得这就是西湖吧？正是“若把昭平比西子，直把鲁山作临安。”然后再到农家吃点农家菜，住上一晚。“醉后相扶归，林间闻鹧鸪。相呼明日见，笑语满村路。”

曙光

老骥伏枥，志在千里。黄老师胸怀宽广，寄托山水，将家乡的美景描绘的富有诗情画意，文笔隽永，情景结合，意境深邃，充分表达了自己对家乡的热爱和对美好生活的赞美。向黄老师学习，向黄老师致敬！

许书平

春到昭平湖，依稀少年时！时光倏悠过，我当惜此时！感谢鑫哥，情真意切的诗句，将我带回小时春游的场景！

山游记趣

山垭口

许书平

内容充实丰富，极富生活感，乡土气息浓！在浮躁的现代社会，是一股难得的清流！好诗！

王者遂其志

黄老师的作品有内容，有深度。每次读起来都是那么的亲切，自然，感动，回味无穷。

梦婉

露从今夜白，月是故乡明。

大刘

作者的文章总有一种神奇的魔力，看似平白的词句，读起来却仿佛看到一副鲜活的图卷，眼里是草碧花艳，闻到是花香、瓜果香，耳畔是孩童说笑声、还有哗啦啦的流水声……思绪不由自主地就跟着作者的笔尖赏遍了每一处美景！

生命的河

文字朴实、感情真挚。好文采！

曙光

作品即人品，人品即作品。黄老师的作品就像人品一样，总是让我们感觉就是一位纯朴高洁、德高望重的长者形象对读者娓娓道来。作品平铺直叙，语言很朴实，也没什么华丽的辞藻，但内容很丰富，既增长了见闻，又陶冶了情操。

雪泓

纯朴的诗篇，纯朴的乡情，纯朴的心灵。

海燕

幼时山村生活跃然纸上，淡墨素描的山村风景画，真实生动朴素美。

慢茶许留成

鲁山的富饶，完全刻画出来了

三岔口

曙光

黄鑫先生的诗《三岔口（外一首）》明白如话，有着浓厚的乡土气息，读来倍感亲切而又不觉庸俗。一切一切的意象都来自乡村，来自乡村中的一花一草、一树一木，来自乡村中的一粮一果、一颜一色。一派丰收之景，一片喜悦之情，一颗宁静之心，全都跃然纸上。而其中“蹬单车驴友”“一带一恋人”等句又富有时代特色，“酒酣心热赞盛世，痛饮欢歌到天明”等句则把对时代的歌颂、对生活的热爱信手拈来，“寿星树前生命显得多渺小，熙来攘往皆为匆匆过客”等句又富含哲理，“要珍惜光阴、珍爱人生”等句又情不自禁、直抒胸臆，“此时心境净无尘，鹧鸪声里忘归程”两句更是使人意未尽之、心向往之！

曙光

总有一些让我们向往的地方，大山深处的黑瓦小屋，蹬单车的驴友，桃园沟、竹园沟、柿树沟里美不胜收的景象。春天看花，夏天赏叶，秋天吃果。客盈门时农家院里闹哄哄的人间烟火气，让人不由的联想到“箫鼓追随春社近，衣冠简朴古风存”的画面。伏牛山里的青山绿水更是让人流连忘返，千年的老银杏树，夏绿秋黄，承载着人们的种种寄托。秋风肃起，大雁南飞，树上的叶子飘飘摇摇落下，像蝴蝶翩翩起舞。夕阳西下，漫步在老寿星树下，来往的人们皆为匆匆过客，突发感叹　时光啊！你慢点　再慢点！

雪花飘飘

清新流畅的诗歌，吟出了山间的诸多美景。三岔口，桃园沟，竹园沟，柿树沟……每个地名中，都蕴藏着山野的风貌，乡民的热情。身临此处，真的是：此时心境净无尘，鹧鸪声里忘归程。

瑞

写的真好，文风朴实，清新流畅

石根书

文笔清新自然，朴实感人，仿佛一股清泉沁人心脾，仿佛自己回到那个梦魂萦绕的乡村！

踏歌闻笛

这诗，写的清新，写的轻松，写的顺溜，真好！读起来心清如水，意飞神远，直飞三岔口！

梦婉

读此诗句，在繁杂的社会中能静心凝神，返璞归真。

王者遂其志

细品，越品越有味道，好诗！

黔南吟

【点评】

慢茶许留成：

行万里路，阅万卷书，积累生命的厚度

生命的河：

走过的路，全是温暖的诗行；笔尖下，流淌的不是文字，而是幸福的岁月！

许书平：

雁过不留声，人不知春夏秋冬；人过不留名，人不知张三李四！一边走，一边写，有真情，有心声，这才是美好的人生！加油，鑫哥！为你骄傲！

散文部分点评

大浪河

海燕

朴实的文字朴实的河。我们记忆里河的样子，与现在差别很大。大浪河是条不知名的河，但她曾承载着两岸人成长的故事和生活的喜乐。父亲现在年纪已大，大部分时间生活在郑州。但他儿时的成长一直由大浪河陪伴，他对大浪河的感情比我们这代人还要深。“打老河”的传说和何首乌的故事，让大浪河在我们幼时的印象里充满着神秘，而又不乏亲切感。

眼儿媚

想起了艾青的诗，《大堰河，我的保姆》。

先民的习惯，依河而居，其实这不是习惯，这是生存的智慧。

河流就像母亲，养育滋润了一方人民。在河边长大的孩子是多么幸福！

许书平

时光冲刷去了生活的艰辛，磨难！只留下了记忆中的宁静，美好！这是智者才会有的情怀！老骥伏枥，志在千里！向鑫哥学习，成为更好的自己！

梦婉

浩瀚无际的太平洋，波涛汹涌的大西洋，浪漫的爱琴海，都比不上心中流淌的家乡的河。希望我有机会可以贴近这条故乡的河，感受它的美。

大刘

读着一行行文字，似乎作者就在身边，细细讲述着大浪河，讲述着一代人昨天的故事，既亲切又动人。大浪河并没有多么旖旎的风景，也没有多么磅礴的气势，她朴实无华，一年四季，静静流淌着，养育着两岸儿女。就像我们的父亲，我们的母亲，永远为儿女默默付出，没有过多的言语。哪怕有一天我们的足迹走遍千山万水，最难忘的还是心里的那条大浪河！

从心开始

作者带着深厚的感情去写自己心中的母亲河---大浪河，给人以身临其境的感觉。并善于挖掘文化和历史内涵，从大浪河名字的由来到她的历史悠久。描绘景物时，始终蕴含着自己对家乡，对河流，对他人的深厚感情，分别从春夏秋冬四季描绘出了不同季节的景物，有详有略，写出了自己的体会，表达出了内心的感受，使文章更生动，更真实，也会令他人更感动。

村东头那棵皂角树

大刘

小时候家门口也有棵皂角树，也曾出于好奇用皂角洗过头发，回忆起来满满的乡土味。家乡一草一木承载着我们的乡情乡音，等到草木不在，故人难寻，我们再也找不回儿时的欢乐……

星子~邓丽星

令人怀念的皂角树，有关的故事和人都能打动人，值得回忆。

曹鹏飞

真是好文，现在虽然物质生活丰富了，但精神层面却空洞了很多！

许书平

回不去的故乡，永远的乡愁！萦绕于我们每个人的心田！才下眉头，又上心头！时代在变，故人在离去！珍惜我们身边的亲人，朋友！

雪花飘飘

老家的皂角树，珍藏在记忆里。那是永远忘不掉的乡思乡愁，岁月再久，也不会弥忘！因为那是家乡那是根，那是童年的快乐，亲情的温暖！充满温馨记忆的文章，读后引人回忆，使人怀念。

慢茶许留成

有人曾问：通讯交通高度发达的现代社会还会有乡愁吗？

作者的这篇文字会告诉你，乡愁不会因为交通便捷就消散，因为难回仅仅是乡愁的一个原因罢了。一个远游的人必有原因，求学，游历，打拼等等，在这个过程中逐渐远离熟悉的土地熟悉的人和熟悉的自己。你望着一样的泥土长着不一样的青草，不一样高度的天，才发现回去这两个字，远没有一张车票那么简单。

少小离家老大回，乡音未改却，其实当一个人决定离开时，就很难回来了，乡愁自然而来。

淡雅幽兰

非常佩服黄老师的勤耕精神。故乡的一草一木都是外出游子心头的朱砂。拜读学习！

老街上那眼辘轳井

随风崔思明

童心写老事，感慨话今昔。

安然

作者笔下老街上那辘轳井，描写的逼真灵动，古朴而美丽，真是好文！

许书平

小学，初中，高中，天天从轱辘井前走过。如今回去，也总会想起那眼轱辘井。而今天，欣喜的看到，一杆饱有才华的笔，再现了，记忆中永远的轱辘井。谢谢！鑫哥！

雪花飘飘

读此文令我回忆起童年时节，同样的场景，同样的温馨，至今令人记忆犹新。读佳文，有同感。时光虽远，却能在文字中珍藏。

梦婉

故乡是一坛陈年老酒，在人心里搁置的时间越久，它的味道就越醇香；故乡是一杯农井绿茶，在人心里泡的时间越长，它的味道就越浓郁；故乡是一部记忆短片，在人心里放映的次数越多，它的画面就越清晰。

大刘

井水清甜，小路悠长，故土难离

岁月变迁，物换星移，乡音难觅

……

风景如画

童年往事，记忆犹新，纯真朴实，其乐无穷！

上庙坡拾地曲莲

星子~邓丽星

由地曲莲写到母爱，写到家教，有情有理，感染人。

洪兴酷银

从作者的描述中可见，地曲莲应该好像是一种生长在山林野外近似木耳的菜吧，是那些年艰难困苦日子里懒以维持生计、充饥果腹的珍品，更为难得珍贵的是由捡野菜写出来了母子相依为命的深情，质朴厚重的民风，主题彰显了恒远伟大的母性光辉。

欣悦

作者不但写出了地曲莲鲜美的味道。更写出了悠悠母子情深，写出了千回百转母唤儿那温柔，无私，写出了萦绕在读者心中，母唤儿的世界上最美丽的呼唤。立意深远流长，从其动情的讲述中，将身后慈祥的与之相依为命的母亲生动的呈现在读者面前，读来回味深长。

大刘

有人说一种味道之所以难忘，因为承载了对一些人的记忆。

地曲莲美味，母爱深沉，这是永远怀念的味道，更是永远魂牵梦萦的感情！

眼儿媚

难忘地曲莲是难忘那段触动“我”心灵的往事，两次失而复得，“鞋跑丢了，惊慌失措、害怕自责；母亲找不到我时的六神无主、恐惧焦虑。鞋子失而复得后豁然开朗，天地阔远；母亲找到我后，却惊悸未定，依然沉浸在失去我的悲伤中，我从母亲的悲伤里品味出母子血脉相连、相依为命。

地曲莲连接的是至爱亲情，连接的是瞬间成长和感悟，自然难忘。

许书平

情真意切的文字又将我带回“回不去的故乡”！那天那地那云那人，都是那么美好！我们心中都有涌动的情愫，在某个相似的时刻，将我们带回小时候的那个天地！宁静，美丽，流动着爱！想家了！

一件往事

大刘

面对涛涛洪水，谁都会畏惧三分，何况不识水性的人，但在人命关天的那一刻，作者心无他物，只想尽力一搏，救人一命。也许上天也怜善良的人，两个女孩竟然顺利救上岸！作者和爱人善良又平实，令人动容，更令人敬佩！

洪兴酷银

危难之时，舍已救人是一种见义勇为的美德传承。虽然是尘封已久的往事，但看到自己当年不经意的善举，挽救回来的两个女孩生活的很好，也是对当年义举感到最大的欣慰之处。

梦婉

人生应该如蜡烛一样，从顶燃到底，一直都是光明的，最大的欢乐，最大的幸福是把自己的力量奉献给他人。

雪花飘飘

什么叫舍己救人？不顾自己安危，一心只为救人就叫舍己救人！正如作者自己不会游泳，却仍勇敢救人的行为一样。正所谓赠人玫瑰，手留余香。作者的救人义举令人敬佩，也必定会和两个被救女孩一样，收获幸福美满的生活！

如月

淡淡讲述的往事，浓浓流淌的善良。点赞！

许书平

一段尘封的往事，却因舍己救人的情怀熠熠生辉！岁月也终究见证了：好人必有好报！

怡

阅读完这篇文章以后，我百感交集。作者奋不顾身，勇猛果敢的精神。使我肃然起敬，让我不禁竖起大拇指。这篇文章，语句生动，让我真的感觉到了当时的惊心动魄。仿佛再晚一点，死神就会战胜在这场争分夺秒的生命的斗争中。语句紧迫，体现了作者敬畏生命，舍己为人的品质。

桃源居士

我与鑫弟是父交子往的朋友，这个下水救人的动人故事，他从未向我讲过，但今得知，对我来说一点也不感到意外，因为他虽然身体不是健壮高大，属于文弱书生之流，但是，他却是个外柔内钢的人。我为兄弟感到骄傲和欣慰。

眼儿媚

神永可嘉，却让人捏一把汗。初心一发，是容不得迟疑的，稍一迟疑，必生顾虑，顾虑重重，裹足不前，就不会做了。

重阳节登鲁山坡

Seven：

黄鑫先生的文字带着那个年代独有的印记，充满生活气息。先生能察善言，情感丰富，对生活对人物描述很具体形象。

大刘：

此文每每读来都为作者和老伴的宽厚善良而感动，为牛郎织女的凄美爱情故事而感伤，为作者对生活的深刻观察和细腻的笔触而感叹。没有激昂的渲染，没有华丽的辞藻，一句句娓娓道来却又令人无限回味……

许书平：

洋洋洒洒间，既有历史文化传统，又有民间故事传说，更全面地再现了鲁山坡的景观！行文朴实，内容丰富，让人感动于那沉淀在岁月里的善良！好人一生平安！

从心开始：

黄老师首先带给我们的是一幅美丽的画卷，以顺序之法让我们跟随作者九九登高，又以插叙之法掺入多个人文故事和美好回忆的画面，最后又重点对山峰之巅的寺庙进行详实描绘，洋洋洒洒之中无不渗透着对做人的至理箴言以及传统文化的精髓，对读者尤其是后辈很有启发和教育意义。

岁月：

鲁山坡一文写得很感人，文风朴实厚重，情景交融。对牛郎织女和人间真善美的描写故事性强，看后感人至深。

知足者常乐：

中华大好江山处处升华！文笔流畅！

豫西山人：

运笔工整自然流畅，风土人情传说神奇。重阳之尚文，登高之佳品。

游尧山

大刘

每一篇游记散文都是字斟句酌，用词精妙，而且饱含感情，读起来感觉自然，亲切，宛如作者坐在面前娓娓而谈。

面朝大海春暖花开

景中有情，情中有景！

许书平

思接千载，博古通今！我想这就是人们称谓的生花妙笔吧，一样的景，却能鲜活地再现在笔下，眼前！

在我们很多人眼里，尧山也许就是一座风景秀丽的大山！而在鑫哥笔下，地理位置，神话传说，人文故事，都巧妙地交织在一起！尧山一下子立体了！让人感慨作者博古通今的能力！为鑫哥点赞！

往事如烟

文爱自然优美

梦婉

身未动，心以跟随作者走遍大江南北，领略层峦叠嶂，流水潺潺。

从心开始

叙事是为了追忆，写景是为了抒情。能在叙事和抒情之中融入美景地名的历史来源，让读者在欣赏美景的同时，受到了文化的熏陶，这无不提高了文章的内涵和品味，更是一种精神的境界。

山中遇雪

慢茶许留成

若不是雾霾严重

“煮雪问茶味，当风看雁行”

也是一件风雅之事

星子~邓丽星

特别的遇见。人民身体健康，雪也不再是寒冷的象征，成了春的使者了。

雪泓

很喜欢黄老师的文章，朴实、优美，读来使人心情舒畅，令人神往。

大刘

严冬不语，孕育着春天，落雪无声，滋养着万物。作为一名曾经的医务工作者，作者一生治病救人，乐善好施，正如那一片片洁白的雪花，默默奉献，撒播大爱！

梦婉

新年都未有芳华，二月初惊见草芽。

白雪却嫌春色晚，故穿庭树作飞花。

雪花飘飘

山中遇雪本也寻常，但作者作为到山乡做地方病调查的医务工作者，留宿山乡遇雪的经历却令读者崇敬！作者从另一个角度写遇雪，有深度有内涵，满满的正能量，令人钦佩！点赞了！

许书平

喜欢文中流露出来的乐观，欢愉的心态！处处皆景，景在心中！像鑫哥一样，做一个豁达热爱生活的人！

幽幽榕树情

赵彦丽

黄老师是一个用安静的灵魂去感受世界，感受生活，感受万物的人，他书写的文字就像是有生命的，无论是一株小草，一朵小花，一座山，一个城镇，一条溪流都仿佛是会舞动的精灵般美丽动人！

倚窗听雨荣荣

从这篇随笔中，读到了榕树成长的过程，它的成长也形成了一种精神，我们也从中学到了它的这种精神，从而让我们不会向命运低头，不会向生活中的一切坎坷低头，永远向前，向前至至到达到希望的顶点！

溶溶月光

文笔生动、流畅！点赞！

许书平

抬眼即是美景，提笔皆是深情！人生真是先修为，再做事！写文章更是如此！每篇文章背后都站着作者的灵魂！向鑫哥学习！

梦婉

正如杨万里所写，直不为楹圆不轮，斧斤亦复赦渠薪。数株连碧真成菌，一胫空肥总是筋。榕树是那么富有生命力。作者正如笔下的榕树，博大而又深沉，呵护着子孙后代。

辛勤的歌唱家

慢茶许留成

秋夜，蟋蟀，那一段写的是真好！
如今，身在都市，早已听不到蟋蟀的小夜曲
这段文字，娓娓道来
仿佛又回到家乡的老院子
躺在屋顶的竹席上
微凉的风，微温的楼板
此起彼伏，间歇性的蟋蟀鸣唱
带着无数的遐想
缓缓进入睡眠……

海岛看雨

大刘：

三月风渐暖，本是草绿花红，清明落雨纷纷，又勾起无限思绪。雨，总是连接着远方与家乡，游子与亲朋，无论身在何处，无论是缱绻细雨，淅沥小雨，还是疾风骤雨，总能惹起无限乡愁，或浅，或浓。

星子~邓丽星：

特殊的地方，特殊的雨，特殊的雨中景，有画面感。文中融注的乡思乡愁令人感动。

洪兴酷银：

是夜身栖海岛，闻惊雷听风声雨声，声声扰耳。蘸雨为墨，雨纷纷，融注我浅浅念家思乡思绪。

从心开始：

本文主题鲜明，并设置了两个小标题，使文章的主旨更加明确：就是通过“看雨”来表达了自己身在异地的“思乡”之情。作者写景时善于从大处入手，小处着笔，描绘细腻，意境深邃，让读者有一种身临其境的感觉，写景时注意多种修辞手法的运用，使景物描写更加生动形象、具体逼真，有一种欣赏美景的享受。作者以物寄情、借景抒情，尤其是借雨景来抒发乡愁，这也是自古以来多少文人志士的大家风范，让读者置于其中，表达出了多少游子，甚至在异乡工作、学习、打工、做生意等人们“每逢下雨倍思亲”的感情。黄老师的文章总给你一种深情、总给你一种自信、总给人一种力量，这也正是黄老师文章的魅力之处吧！向黄老师致敬！

月光：

写的很形象、也很传神，这是一气呵成的好散文，景中皆是诗意，画中又都是诗情，真是，你有什么样的心境，你能看到什么样的景色，你才能体会他人体会不到的细腻的美……

播撒幸福等你来

许书平

黄发垂髫，并怡然自得！流水淙淙，鲜花围绕！好一个世外桃源！心中有爱，眼中有景！一个令人向往的福地！

岁月

给阅读者以心智的启迪，心灵的慰籍，心声的倾诉，心情的滋养。在文学修养上有胜读十年书的感悟。

隆达古城纪游

大刘

一座空中之城，云中之城，历史之城，谁曾想她又是一座屠戮之城，血腥之城？她的过往历史如城墙般厚远，她的底色如峭壁般深重。她的故事不断被人们讲述，提醒着后人敬畏生命，珍爱和平……

眼儿媚

一个不平静的地方，一个教徒们的杀戮场，幽深而神秘。往事不堪回首，寄望不再重演。

星子~邓丽星

异域风情，给人不一样的美。作者最后的思考："何时才能学会敬畏生命，终止争斗与杀戮，实现永久的和平。"给人撼动。

许书平

闻名遐迩的古城，令人向往！清真寺，木石结构的房子，石拱桥，神秘而不朽！令人哀伤的是那挥之不去的血腥气，笼罩着古城，让人不由得发自肺腑地呼喊：和平，和平，和平！

梦婉

读您的文章不仅可以领略各国风情，还教会后辈敬畏生命，珍惜生活

游桌山

北师大儿童之家幼儿园许老师

写的真好，如身临其境一般

慢茶许留成

椰树海风，白鸥翻飞，很有画面感！

王丽萍

写的真好，文采斐然

许书平

怪石，鸟儿，灌木，灯塔……好一个幽静安详别具一格得好去处！好的文笔就是写出了“人人眼中有，个个笔下无”的好景致！

阳光

景色宜人，关键是文章的词语用得非常到位，体现了作者深厚的文化内涵和功底，真是难得一见的好文章！

黎明前

大刘：

月光皎洁，繁星灿美，夜空斑斓，诗情画意的图景什么时候竟成了梦中的画面？社会发展了，城市却被雾霾笼罩了，推开窗户，难觅那片星空…愿在政府部门的治理下，在每一个人的努力下，我们生活的城市，不仅有高楼大厦，也有月光和星辰！

雪泓：

黄老师的情感丰富多彩，文笔清新、朴实，蕴含善良。

许书平：

灵动的语言背后，是一双善于探索的眼睛！唯有宽厚仁爱的心，才有此胸怀！

梦婉：

期待人们反省后能拥有榆柳荫后园，桃李罗堂前的生活环境。人的悲欢离合，古人尚难全，享受黎明过后就是明媚的阳光。

贤妻

段恭田（高中同学，航院毕业。北京首都机场原工会主席）：

黄鑫同学，刚才我看了您发的《贤妻》文，感慨万千，很受触动。你家离我村很近，文中发生的人和事，就像在我眼前。看得我心发酸，两眼模糊，想想六七十年代家乡人的生活，都能闯过来，也真……祝贺你有一位好妻子，在那艰苦岁月里为你顶起了一片天。磨难过去，便是光明。我相信你现在全家一定过着美满的生活。祝你晚年幸福、安乐、长寿。

刘海涛（高中同学，天津大学无线电系毕业，原上海市政府科技外事处处长）

鑫，我刚刚一口气看完《贤妻》，通篇没有概念性的形容，没有溢美的赞扬，用最平实的语言把刻在脑子里的打动人的典型事件娓娓道来，很自然地在我面前立起了玉珍（我的妻子名字）高大的形象：勤劳，坚强，质朴，正直，善良！

我俩是心心相通的。玉珍是你人生的依傍，她自然赢得我十二分的尊敬！我看了这篇文章不自然地眼泪就掉下来了，我把玉珍和我母亲的经历也联系起来了，她们实在是最了不起最可贵的！

我一直感到很惭愧，觉得我比你幸运，在你很需要很困难的时候没能对你有所帮助。你能挺过来，六个子女都能健康成长，真是多亏了玉珍！

鑫，你要多多关爱玉珍，她也一定会赢得孝顺子女们的关爱！

闫清泉（高中同学，郑州大学中文系毕业，原鲁山一高校长）

鑫，你写的《贤妻》一文，朴实无华，情真意切，生动感人。

上世纪60年代，因为三年自然灾害，你就读的院校中途停办，当时你身体又不够好，造成你人生的道路曲折坎坷。幸亏你遇到一个贤惠、善良、吃苦耐劳的伴侣，你们相濡以沫，共度时艰，苦尽甘来，现在你们一家幸福圆满，儿女孝顺，事业有成，同学们都为你感到欣慰，就像海涛同学写的那样，为你祝福是我们共同的心声。

郭永年（高中同学，河南医科大学毕业，新乡医学院主任医师、教授）

鑫，你好！晚安！看完你写的《贤妻》文章，看着看着我在想“钢铁是怎样炼成的？”，看到你们夫妻在那段艰苦岁月里是如何默默地自发地以实际行动拥抱在一起艰难度过来的时时事事，真是感动人啊！也记得有次我返乡时乘坐在公交车里向路北看到过你家门口的小孩们在玩耍的情景……，岁月蹉跎，日月如梭，在一桩桩“困苦时刻”的克服化解之后，迎来现在幸福的大家族，儿孙绕膝，享受天伦之乐！过往的日日夜夜，历历在目是不能忘记的，忘记就意味着背叛！人生是美好的，也是坎坷的，不是吗？祝福你们全家生活幸福，平安健康！

鹊声穿树（袁占才，原鲁山文联主席）评论说：

贤妻文，好文章，有感情。

张玉芝：

叔，刚看完你的这篇《贤妻》文，而且是一口气看完。对我婶的评价真是太完美了，文章中写的每一件事每一个地名，有我经历的，也有我知道的。很亲切，很感动。

书玉

鑫哥，你发表的文章我细读了三遍，又发给全家人都看了，写的太情真意切了，感动的想流泪，印象中，大表姐一直温柔漂亮甜美可亲，好像不会老的样子，人美心灵更美，我对大表姐又多了更深一步的认识。你和大表姐从携手共度过艰难的生活，苦尽甘来，相信明天的生活一定会更美好。

玉珂

黄叔，你发的文章，我读了不下三遍，可能因为生活中也了解姨的为人和品格，所以更觉得文中的场景仿佛亲眼所见，不自觉的就感动流泪了。文中的评论我也看了，大家的感受都一样，可能三言两语不足以表达，就像这个朋友说的，走过艰难的日子，我姨你俩更要好好享受现在的好日子，不要太操劳了。

许书平

情真意切，感人至深！不加修饰，却于平静的叙述中牵动读者的心！我想用一句话来总结我的感受“清水出芙蓉，天然去雕饰”！

流淌在岁月里的性情，品性惊艳了时光，也惊艳了后人！不惑之年，我深深地理解了一个道理，善恶有报，如影随形！祝愿鑫哥，表姐身体康健，幸福安详！

北师大儿童之家幼儿园许老师

秀外慧中

贤良淑德

通情达理

上得厅堂

下得厨房

严于律己

宽以待人

和蔼和亲

蕙质兰心

最美好的祝福送给大表姐

斌斌

母亲的坚强、善良一直影响着我们。她在艰苦时期不只是坚韧、顽强地支撑着家庭，更是用她的善良、宽容对待别人。我记得在我小时候，自家温饱都难解决时，我们家还经常留宿更困难的人，而且每一个上门乞讨者都是带着热饭离开。艰难岁月已成为过去，愿老母亲，和风风雨雨相伴她几十年的老父亲，都健康幸福！

正像父亲描述的那样，母亲勤劳坚强、聪慧善良。从她小时候到我们兄妹小时候，生活一直极其艰难。我还能记得小时候母亲吃的苦，冬天去河边井里挑水、打开冰面洗衣服，整夜在煤油灯下缝缝补补，拉着架子车在庙坡拣石子，烈日下在地里割麦、锄草，暴雨中用塑料布遮挡砖坯……

晨当以为辉

文笔朴实，情真意切，感人至深。

大刘

她经历过最艰难的岁月，历练出了最坚强的臂膀，对大是大非有着坚定的立场，还有最慈悲柔软的心肠，在生活中总是为每一个人着想，默默付出，却从来没有考虑过自己，更没有太多的语言。今天她成了故事的主角，感动了每一个读者。不过，善良的姨可能从未在意过这些。祝愿姨身体健康，安享晚年！

难忘熊背山水熊背人

【点评】

雪花飘飘

这是一段难忘的经历，也是一段珍贵的记忆。为了山村人民的身体健康，普及卫生知识，提高医疗水平，是一项极其重要的工作。向致力于基层医疗工作的医生们致敬！这样的经历值得珍藏在记忆中，也值得读者尊敬！

生命的河

文笔细腻，蓄满深情。温暖的旧时光仿佛重现。

洪兴酷银

走村串户忙不停，
望闻问切知疾苦。
穷人医生责任大，
医患关系鱼水亲。

花间一壶酒
细致入微的工作

娓娓道来的故事
岁月如歌
每代人
都有自己的
节奏与主旋律
光阴荏苒
青春无悔

许书平

山美水美人情美！一副浓缩着风土人情历史过往的画卷徐徐展开，让人读来不忍合上！人的一生中，最为珍贵的就是这些温暖的回忆！愿鑫哥的生活平安喜乐！

桃源居士

读鑫弟文章，深感家乡的青山绿水之美令人陶醉，纯朴善良的山里人可亲可敬。看到您在医务事业上曾经的辛勤耕耘……

这美好而珍贵的回忆是您人生旅途中精采而难忘的故事。

郭永年

又一篇好的记叙文学，情真意切，内容详实，笔耕不辍，难得啊！